# La chica del andén

# FORTUNATO DEL RÍO

# LA CHICA DEL ANDÉN

**ola**
PUBLISHING
INTERNACIONAL

Hola Publishing Internacional
Eugenio Sue 79, int. 4, Col. Polanco
Miguel Hidalgo, C.P. 11550
Ciudad de México, México

Primera edición, Abril 2024
ISBN: 978-1-63765-605-1

Hola Publishing Internacional es una empresa de autopublicación que publica ficción y no ficción para adultos, literatura infantil, autoayuda, espiritual y libros religiosos. Continuamente nos esmeramos para ayudar a que los autores alcancen sus metas de publicación y proveer muchos servicios distintos que los ayuden a lograrlo. No publicamos libros que sean considerados política, religiosa o socialmente irrespetuosos, o libros que sean sexualmente provocativos, incluyendo erótica. Hola se reserva el derecho de rechazar la publicación de cualquier manuscrito si se considera que no se alinea con nuestros principios. ¿Tiene una idea para un libro que quisiera que consideremos para publicación? Por favor visite www.holapublishing.com para más información.

# Introducción

M e atreví a escribir esta historia de amor, de desencuentros, en honor a las muchas parejas que vivieron su romance en torno a mi vida y que formaron parte del círculo social, tan cercano a mí, que no había manera de ignorar.

El baúl de cachivaches imaginarios que todos traemos cargando en nuestra conciencia se me fue llenando de otras historias desde que tenía cerca de doce años, y yo, por alguna razón, las coleccionaba en mi diario, provisto de mi bolígrafo, culpable de anotar los detalles de cada relato importante que captaba mi precoz atención. Las canciones románticas de amor y desamor que inundaban el ambiente de todos los días en todas las calles del pequeño pueblo de Camacho funcionaban en mi subconsciente como un abono natural para hacer florecer mi imaginación.

En honor a mi hermano Mario que, a pesar del paso del tiempo, todavía le dedica algunas lágrimas a su amor perdido.

En honor a mi gran amigo Tony Tijuana, y su amor imposible, Marlenne, que siempre supo que él la amaba, y la amaba tanto que la sigue esperando en la misma banqueta, donde lo dejó una noche de verano con el ramo de rosas aún en sus manos.

En honor a mi amigo Manuel, el Meny, y su novia Hilda, a quien acompañé hasta Ciudad. Juárez, Chihuahua, a buscarla sin éxito alguno, Pero él sabe que la búsqueda continúa.

En honor a mi buen amigo Nerio que, en sus retornos de cada año a buscar aquella dama que no volvió, encontró el amor de su vida y formó una familia.

En honor a mi amado pueblo y su gente, que en su afán de escribir su propia historia en el tiempo aceptó que un tren se llevara los amores que un día trajo consigo, del pasado y del futuro, y a cambio dejó migas en el camino para que alguien fuera en su búsqueda, y así lo hice yo.

*Enero 2021, Camacho, Zacatecas*

La música se escuchaba tranquila en aquella noche-madrugada fresca y agradable del 2 de enero del 2021, las fiestas decembrinas y el torneo navideño de cada fin de año habían terminado. Sentados en una mesa en plena calle, frente a la casa anfitriona del evento, estábamos Andrea, Johana, Gerardo, su esposa Cheli y yo.

Mientras veíamos a las parejas bailar y disfrutar de la fiesta, rodeados de algunas personas del pueblo, en su mayoría familiares de los recién casados, la interrogación de Johana subía de tono. Cuando quiso saber toda la historia resumida en las pocas horas que teníamos para aclararle todo, el autobús que las llevaría de regreso a Torreón estaba a punto de partir, de ahí tomarían transporte a Monterrey y después un avión hasta Tijuana.

—Es muy largo de contar, hija, pasaron muchas cosas. Tal vez en otra ocasión, ¿qué te parece si el próximo año, en diciembre que nos volvamos a ver, te cuento todo? Al menos lo que me corresponde a mí.

—No entiendo, ¿por qué si se amaban tanto usted y mi mamá no se casaron?, ¿por qué cada uno se fue por su lado?, ¿por qué sufrir tanto uno por el otro?

—Son cosas que pasan, éramos muy jóvenes. Tu mamá y yo no supimos luchar por nuestro amor. Tu mamá era la más pequeña de todas, así que sus mayores se creían con el derecho o la obligación de protegerla y, en su afán de lograrlo, a veces se equivocaban. Yo tampoco supe luchar por ella, me equivoqué en algunas cosas. Cuando se fue, o mejor dicho, cuando se la llevaron, entendí que no podría hacer una vida feliz sin ella. Creo que no hay culpables en esta historia, y, si los hubiera, sólo seriamos ella y yo, nadie más, creo que nos pasamos toda la vida culpando a terceros, pero, reflexionando las cosas, los únicos que podíamos hacer algo éramos tu madre y yo, y no lo hicimos, ¿por qué?, no lo sé.

La joven Johana, de veintiséis años, hija de Andrea, quería saber lo que estaba muy lejos de explicarse en tan corto tiempo: toda una vida de separación, de recuerdos, de buscarnos a la distancia, de toparnos con nuestra amarga realidad, de no estar juntos, de vivir así, separados.

*…y me quedé en silencio esa fría madrugada, sentado en el andén de la estación. La lluvia seguía cayendo, el último vagón del tren se perdió en la distancia, amanecía, pero en mi historia con ella apenas empezaba la noche.*

*Querida Johana,*

*En respuesta a las muchas preguntas que no te pude responder por falta de tiempo, me he atrevido a escribirte en estas páginas, contando la versión que a mí me tocó vivir.*

*Desde este lado de mi vida, las cosas sucedieron tal y como yo las recuerdo, algunas fechas se me fueron de la memoria y tal vez algunas palabras y hechos se desvanecieron en el tiempo. Hoy me pongo a reflexionar y celebro que me preguntaras con tanta insistencia acerca de la historia que tuvimos tu madre y yo, porque así me di cuenta que es parte de mi vida, es toda una historia, la misma historia que ya no se puede borrar, que me he callado muchísimas veces ante las preguntas de personas muy cercanas a nosotros: amigos, familiares y toda esa linda gente del barrio que nos vio juntos y que seguramente daba por hecho que los dos quedaríamos juntos para siempre. No fue así.*

*No fueron pocas las personas que, después de que tu madre se marchó del pueblo, me preguntaron una y mil veces, "¿Y Andrea?, ¿por qué se fue?, ¿por qué la dejó ir?, ¿qué paso?, ¿a dónde se la llevaron?, ¿le dijo que iba a volver?". Supongo que merecían una explicación, a fin de cuentas éramos la pareja del barrio y todos y todas, grandes y chicos, nos veían con beneplácito y se alegraban de nuestro romance. Ante tanta pregunta, yo mismo no conocía la respuesta, sólo guardaba silencio.*

*Hoy, después de tantos años, quise darle forma a este pequeño libro de manera biográfica para tratar de responder no solo a ti, sino a todos esos amigos y amigas, familiares, y toda mi gente del pueblo que en algún momento me preguntaron por ella, y aún siguen preguntando a pesar del tiempo.*

*Así pues, dejo en tus manos lo que escribí durante estos últimos tres años, después de aquella noche de preguntas sin respuestas. No hay culpas de nadie, no hay remordimientos, sólo esta historia.*

*Te mando mis bendiciones hija, a ti, sí, a ti que pudiste haber sido mi hija, y para mi hubiera sido un honor.*

*F.D.R*

*26 de diciembre 1990, 8:23 am*

La niña de cuatro años entró en la habitación de su papá, y lo vio llorando, agachado en una silla, escuchando una canción en inglés de un grupo de rock que en los años noventa era muy popular en todo el mundo. Scorpions, la canción, "Still Loving You". La había estado repitiendo toda la noche.

—¿Polqué estás llolando, papito?

—Por nada hijita —respondió aquel joven limpiándose el llanto.

—¿Estás llolando pol Andellita?

El joven se volvió a quebrar.

—No, hijita, estoy un poco cansado.

La niña se alejó un poco, arrastró una pequeña silla como pudo, trepó y bajó una fotografía de una pequeña repisa. En la fotografía aparecían abrazados Andrea y él con la niña en medio de los dos, cobijados con un viejo gabán. La niña llevó a su papá la fotografía, se la entregó en sus manos y, secándole una lagrima, con sus manitas le dijo:

—Ten, papito, aquí está Andellita pa' que ya no lloles.

*Hoy, después de tantas penas, volví a ver la luna, la misma luna que nos acompañó algunas noches, y es como si en ella guardara todos los recuerdos. Sin querer se me escapó del umbral del pecho un suspiro, pensándote, y tu nombre me erizó la piel. Es como si los recuerdos estuvieran llenos de ausencias. No niego que te extraño, que te recuerdo bonito. No negaré nunca que te amo. Pero esta noche sonreí y bajé la mirada, sentí las caricias de un ángel en mi rostro... eran unas lágrimas.*

H.G.

# Primera parte

De niño, tenía la sensación de que el futuro venía del norte, el presente estaba ubicado justo en mis narices y el pasado se dirigía hacia sur. Una mañana de diciembre del 1989, el tren que venía del futuro traía consigo una preciada carga que llegaría a cambiar mi vida como yo la conocía, aun a pesar de mi ego y la falsa idea de que yo ya había vivido todo en el amor.

Mis amigos y yo nos divertíamos tanto en aquel pueblito del estado de Zacatecas que para nosotros era el único mundo que existía, no había nada más en el exterior. En nuestra edad adolescente había mucho por conquistar, no sabíamos de límites, los juegos rudos, el modo de vestir, la música que escuchábamos, aquel pedazo de tierra perdido en el semi-desierto zacatecano era nuestro universo.

Verano de 1983, los días de la secundaria fueron, para cada uno de nosotros los que coincidimos en esa escuela Sec. Tec. 40, sin duda alguna, los días más hermosos y divertidos de nuestras vidas, todo era espectacular: los juegos, las peleas, las maestras bonitas y, obvio, las compañeras de salón. Yo en particular estaba enamorado de una chica maravillosa, delgadita, alta, mirada triste pero con una alegría contagiosa, todos y todas querían estar cerca de ella. Entre clase y clase miradas iban y venían, pero no conmigo, ella tenía un ejército de seguidores del mismo salón, y de otros, incluso en una generación anterior de la escuela. Yo creo que ella ni siquiera sabía que yo existía, yo no figuraba en su círculo de seguidores, pero la seguía en mis sueños, más cerca de lo que ella misma pensaba.

Los días pasaban y aquella niña ni volteaba a verme, si por alguna razón me saludaba seguramente era parte de su despistada forma de vivir la vida. Y así llegaron los últimos meses de su estancia en la escuela, y un día el tren que venía del pasado se la llevó hacia el norte y durante cinco largos años no supimos nada de ella.

La vida fuera de la escuela había cambiado mucho, algunos iban a la prepa del estado, otros ahí nos quedamos, pero seguía siendo divertida. Ahora sabíamos, mis amigos y yo, que teníamos a nuestro alcance la conquista de cualquier chica de nuestra generación, Muchas fiestas, muchos bailes, toda una aventura; la suerte me perseguía o yo a ella, el punto es que por alguna razón siempre tuvimos éxito con las chicas de nuestra edad, más grandes y más chicas, para el coraje de muchos y la sorpresa de otros. Pero yo seguía pensando en ella, *¿cuándo regresará?*

Viví en un pequeño mundo de conquistas fugaces, el barrio donde yo crecí eso era, mi mundo, y además eran mis dominios, estaban mis mejores amigos, mi familia, mi escuela, teníamos todo, había un tren que llevaba y traía noticias del mundo exterior, pero, ¿a quién le importaba aquello? Juanito, el mecánico, puntualmente llegaba a la misma hora del tren a recoger el periódico, *El Siglo de Torreón*, y la gente se juntaba a la misma hora sólo para ver quién llegaba, y quién se iba, teníamos un cine donde cada fin de semana, con pretexto de ir a ver una película, los enamorados se encontraban, ahí se escribían las más hermosas y románticas historias de amor, teníamos un grupo de maestros ejemplares que no sólo se dedicaban a enseñar, sino también a educar.

El tren daba vida al pueblo, pues era la entrada y salida del capital que se movía gracias a los y las vendedoras de muchísimos productos y servicios, pero para mucha gente la llegada del tren del norte y del sur era el punto de reunión, perfecto para enterarse de los nuevos chismes del pueblo, para recibir a un ser querido, despedir a alguien o para acechar a alguna jovencita.

—Ahí nos vemos en la llegada del tren y te digo si sí o no quiero ser tu novia.

Otras historias contaban:

—Ahí te espero en el andén de la estación para despedirnos.

—Más te vale que llegues en el tren de las 11:30 si quieres volverme a ver.

—Ahí la dejo, doña Panchita, mi hijo regresa en el tren del norte, tengo que ir a esperarlo.

— Las chicas de Torreón llegaran en el pollero, hay que ir a esperarlas para invitarlas al baile.

—Espero que esta vez sí venga ella, aunque sea en el último vagón.

Pueblito hermoso, rodeado de montañas y mesetas, pocas veces llovía en el año, pero cuando llegaban las lluvias era un tipo de milagro que se festejaba al grado de brincar y reír bajo la lluvia. Los niños salíamos a corretear por los charcos que se formaban en aquellas calles todavía sin pavimentar, los adultos se alegraban por sus cosechas, el tanque nuevo y el viejo se llenaban de agua, se anunciaba la alegría en el cantar de las ranas y así regresaba la vida a aquel pueblito.

Después de las lluvias fuertes, salían unas palomitas pequeñas del tamaño de la punta del dedo pulgar, parecían hormigas aladas, nosotros les decíamos "novias", no sé por qué. No sabíamos de dónde venían, pero eran miles y miles que adornaban y festejaban la caída del agua y la humedad del día, sólo vivían unas cuantas horas y morían como las quimeras que viven y mueren rápido, en los pantanales.

Nunca supimos su origen, algunas personas mayores decían que eran las almas de los muertitos de aquel pueblito que regresaban con las nubes. Según ellos, en los cielos aquellas almas se convertían en pequeños jinetes y cada uno se montaba en una nube para traer la bendición de las lluvias a aquella región olvidada de Dios.

*Febrero 1988*

Gerardo, uno de mis mejores amigos, además de ser mi sobrino, hijo de mi hermana Nina, regresaba de Ciudad Juárez a descansar unos días en el pueblito. Cada encuentro con él siempre era especial, por alguna razón la vida nos regaló momentos y situaciones inolvidables; en el monte cortando leña, en las calles del pueblo haciendo cada travesura, en el lomo de los caballos o burros que teníamos que llevar al agua, en los pleitos que libramos, en las conquistas de las chicas de nuestros barrios y los ajenos, haciendo ladrillos en Ciudad Juárez o corriendo para alcanzar el camión en Piedras Negras, cigarro en mano, bajo la lluvia, para llegar al nacimiento de su primer hijo, cantando en Monterrey, o simplemente escuchando música en la plaza del pueblo.

Me propuse que nos fuéramos los dos a Ciudad Juárez a trabajar, así que decidí irme con él y probar una aventura que hasta el día de hoy recuerdo con cierta nostalgia. Años de amistad y muchas aventuras vividas nos otorgaron el privilegio de entregarnos mutuamente, el diploma más honorable que cualquier hombre desea y que es para siempre: el de la amistad.

Se conocieron en la secundaria, Gerardo y Cheli, fue amor a primera intención, porque de vistas ya se habían visto muchas veces. Se hicieron novios, cada uno cuadraba con lo que el otro buscaba así que no había mucho que decir. Así vivieron su romance casi mágico porque eso era lo que aquel pueblito tenía en sus calles, sólo magia, un amor bonito, pero tormentoso, un romance conocido por todos en el pueblo que con el paso de los años se volvió añejo, y un día se alejaron uno del otro.

Él tenía la mala costumbre de irse lejos por largas temporadas, ella… ella tenía la virtud de esperar, se quedaba a esperarlo, pero el tiempo hizo su tarea y tanto el como ella encontraron compañía en otras personas: él en su aventura de irse, ella en su desventura de quedarse. Sin embargo, el amor entre ellos estaba intacto, años y muchas penas después se reencontrarían y hasta el día de hoy están juntos. Al menos eso espero, culpable soy yo.

*** 

*Junio 1988*

Aquella tiendita de abarrotes que abrimos en el barrio de la loma, en la calle principal, desde el primer día estaba condenada al fracaso por dos cosas: una, el barrio, que no era para nada de consumidores, y dos, que la persona que la atendía era yo, y me ganaba el amor por aquellas lindas personas y al final del día siempre terminaba regalando algunos víveres a mis vecinas de bajos recursos. ¿Cómo tener el corazón de vender un kilo de huevo a una viejecita que seguramente no tenía ni para comprar uno solo?, ¿cómo negarse a fiarle algunos alimentos básicos a madres de familia abandonadas con un montón de chiquillos atrás de ellas, hambrientos?

Llegaban a mi tiendita vendiendo donas los nietos de una hermosa viejecita llamada doña Mela, quien, sin ser yo su nieto, me acurrucó muchas veces en su pecho y me dio el cariño y los tacos que mis propias abuelitas me negaron; me quitó el hambre muchas veces con simples frijolitos y tortillas duras, ¿cómo podía yo negarme a comprarles todas las donas de su pequeño sartén que se contaban por unas pocas? Les pagaba todas, y aun así les llenaba la cubeta de víveres que yo sabía que en su casa harían falta para poder comer toda la semana. Gracias Mamá Mela.

El barrio me ganó, eran mi gente de la loma, el barrio más pobre del pueblo pero el más sincero. En especial hubo un caso de un niño de cinco años, lo aseguro por su apariencia, que llegó de la nada, jamás lo había visto. Semanas antes de la llegada de Andrea a mi historia, ¡ahí estaba!, parado en el marco de la puerta de la tiendita, solito, descalzo, sus ropas muy desgastadas, sucio, y su mirada triste y hambrienta. Yo estaba cerrando porque ya era tarde y estaba haciendo el conteo de los gastos y ganancias, lápiz en mano, hacía garabatos en un papel tratando que mis números coincidieran. Levanté la vista, ¡y lo vi!, extrañado y sorprendido por la hora, es decir, ya no había clientes, era noche.

—Hola... ey... ¿a qué hora llegaste?, ¿qué haces aquí? —bajó la mirada, temeroso, y no dijo palabra alguna—. Ey, tú, ¿qué andas haciendo a estas horas? —dejé el mostrador y salí a la puerta donde él estaba—. Ven —me agaché a su nivel—. ¿Cómo te llamas?

Su mirada triste, su ropa desgarrada, sus pies no tenían zapatos y su mirada no tenía esperanza.

—Ven, acércate, ¿tienes hambre? —asintió con la cabeza—. ¿Quieres unas galletas?

Volvió a decir que sí, pero sin levantar la mirada y con las manos unidas sobre su vientre, moviendo nerviosamente los dedos unos con otros.

—Ok, ok, ten estas galletas, pero mañana vienes y me pagas, ¿ok?

Las tomó apresuradamente y se fue corriendo calle arriba, yo me asomé asombrado a la puerta y lo vi perderse en la oscuridad de aquella noche de los últimos días del mes de noviembre de 1989.

Al otro día, día de clases en la primaria, se apareció como a las 11 am. Volvió a ponerse a un lado del marco de la puerta.

—Hola, ¿vienes a pagarme las galletas de ayer?

No contestó.

—¿Eres mudo?

Lo negó con la cabeza.

—¿Cómo te llamas?

—Me dicen "Gordo" —contestó tímidamente con la mirada en el piso.

—¡Vaya! ¡Sí hablas!, al menos es un avance! ¿Y por qué no estás en la escuela?

Su mirada se volvió otra vez triste y balbuceó algo parecido a:

—No tengo zapatitos, ni playeras, y sólo tengo un pantalón, y está rompido, pero mi mamá me dice que lo va a remendar —contestó con cierta resignación y sobando su mano derecha con la izquierda, su playera llena de pequeños agujeros no lo dejaron mentir.

—Bueno, no pasa nada —me aguanté la tristeza y me tragué algunas lágrimas contenidas, no podía demostrar mi debilidad.

Lo tomé de los hombros y lo miré fijamente a los ojos.

—¿Qué te parece si mañana compramos lo que te hace falta y así puedes ir a la escuela?

—Pero no tenemos dinero para el uniforme, no tengo morral, sólo tengo un lápiz que me encontré en la calle —contestó.

—Fíjate que yo también tengo algunos lápices y colores que me encontré en la calle, si los juntamos podemos hacer la pirroncha. Además tengo unos cuadernos de las notas de la tienda que nos pueden servir.

—Pero no tengo zapatos, sólo estos huarachitos de llanta, y ya se me reventaron las correas.

—Mmmm, ok, ok, ahora que lo mencionas, yo me acuerdo que la señora Lila me debe unos zapatos que le pagué y no me quedaron, los podemos cambiar por unas más chicos, ¿como ves?

Sonrió y me miró a los ojos.

—Sí, ta bien.

—Bueno, mañana te espero, temprano. Cuando veas que los demás niños van a la escuela te vienes, pero, oye, mínimo te das un baño en la noche, ¿ok?

—¿Y usted me va a llevar a la escuela? Es que mi mami está enferma.

—Sí, yo te voy a llevar y te voy a inscribir, pero tienes que prometerme que no vas a faltar, ¿estás de acuerdo?

—Sí, mi Willy Wi —exclamó con entusiasmo—, se lo prometo.

El niño se fue corriendo a darle la noticia a su mamá y después de un rato regresó contento, con un balón viejo en las manos.

—¿Jugamos a la patada, mi Willy Wi?

Así pasaron algunos días.

—Mi Willy Wi, vamos a jugar a las canicas, ¿cómo ve?

Mi Willy Wi, *¿por qué me dice así?, ¿de dónde saco ese apodo tan ilustre?*

—Sobres, ya estás, pero jugamos al cruzado.

—No, mi Willy Wi, a eso usted me gana, mejor vamos a jugar al pozito.

—Bueno, ok, déjame voy por las canicas. Oye, a ver si ya te compras las tuyas, no siempre te las voy a prestar, luego me ganas y ya ni me las quieres regresar según tu porque me ganaste. Además, acuérdate que mañana entras a la escuela, ya tenemos los zapatos y el uniforme, y mañana camino a la escuela recogemos las libretas que faltan en la tienda de Lila.

—Sí, mi Willy Wi, ya mañana voy a la escuela.

—Bueno, ven, ayúdame a mover esas cajas de cartón, y también hay que sacar la basura, ¿puedes con eso?

—Sí, mi Willy Wi, ahorita la saco. ¿Puedo tomar una Coca?

—Sí, agárrala, pero no debes tomar tanta coca, eso te hace daño. Después de que termines vamos por el uniforme allá con los Popos. Oye, ¿y por qué me dices mi Willy Wi?

—Porque usted es mi Willy Wi.

—Oye, eso no es una respuesta. Pero bueno, ok.

Pasaron algunos días o semanas antes de que llegara Andrea, todavía algunos juegos con mi Willy Wi, mi chavito de cinco, seis años, y después la escuela lo acaparó. Y así debía ser, ese era su lugar.

Después de cinco largos años, Andrea regresó al pueblo en el tren que venía del futuro en diciembre del 89, venía hecha toda una hermosa mujer, delgadita, alta, pelo largo, parecía modelo, y yo ahí, casi esperándola. Se acerca Reyitos conmigo a murmurarme casi al oído y volteando para todas partes:

—Mi Nato, ¿ya vio a la chica del andén?

—¿A cuál chica, Reyitos?

—A la que se acaba de bajar del tren ocho. Mire, voltee para allá.

—Sí, sí, ya la vi, ¿quién es?

—Es Andrea, la chava que se fue hace como cinco años, su casa está enfrente de su tienda, mi Nato.

—¿En serio? Ups, qué linda está.

—Sí, nomás fíjese que van a ir a su barrio.

Afortunadamente y como suelen alinearse ciertas cosas, y a quién le importa sin son las estrellas o los planetas, nuestra tienda de abarrotes estaba justo frente a su casa, cosa que yo tenía que aprovechar, y así lo hice. Ella inmediatamente fue a saludarme a la tienda, y yo no cabía de la emoción.

Así pasaron algunos días entre risas y charlas. El 24 de diciembre del 89, en un baile en casa de don Manuel Pacheco, empezó la historia. Esa misma noche Cheli y Gerardo se reconciliaron después de mucho tiempo de estar separados como novios. Tal vez los dos pensamos que sería algo pasajero, puesto que ella tenía que regresar a Tijuana, a su trabajo, y además con toda la familia. Creo que ahí los dos nos equivocamos porque era muy difícil para nosotros separarnos, el amor estaba llegando, y muy fuerte, yo sabía de antemano que ella algún día se tendría que ir, pero me aferré a la idea de que se quedaría ahí en el pueblo y, desafiando toda autoridad de los familiares, se terminaron las vacaciones y ella ya no se quiso ir. Yo ignoro los detalles y las discusiones que tuvo que librar con su hermana mayor que se suponía la llevaría de regreso, pero ella decidió quedarse en el pueblo cerca de mí.

Pasaron los días, la hermana se regresó a Tijuana sin Andrea. Ella se quedaba solita en su casa, pero lo bueno es que yo estaba ahí enfrente por si necesitaba algo, todos los días salía a barrer el patio, la banqueta y a iluminar mis días, jugaba con los niños del barrio, se caía de las bicicletas frente a mí, se levantaba y con esa sonrisa y alegría de su corazón volvía a intentarlo otra vez. Me gritaba desde adentro de su casa cuando yo ponía alguna canción que le gustaba:

—Súbele.

Salíamos a la plaza de la mano, todo el pueblo nos vio juntos y se alegraban de nuestro noviazgo aunque algunas chicas no estaban muy de acuerdo. En los bailes siempre bailábamos, jugábamos al volibol, al básquet en las canchas del centro del pueblito bajo la tutela y enseñanza de nuestro maestro el Profe Mario, a las canicas con los niños de la loma y Willy Wi. Ella iba a mi casa con mis hermanas y se encariñó mucho con mi hija, Palomita, casi de cuatro años, y se iban las dos juntas a la tienda, a pasear a la plaza o a comprar dulces como dos niñas. La gente sabía que era mi novia, los chavos del pueblo lo sabían y así la respetaban, de vez en cuando nos visitaban en la banqueta donde solíamos sentarnos a platicar, se quedaban un rato a fumar un cigarro conmigo y entre todos era risa y alegría, luego se iban felices a seguir la parranda. Alguna vez viajamos los dos juntos en el tren, en ese maldito tren que un día se la llevaría.

La torre del pueblo, tan rara, cual elefante blanco, cuya construcción se decía que era para la señal de la TV, cosa que nunca pasó, albergaba en la cima una parvada de zopilotes o buitres que a su vez anunciaban que en aquellas tierras áridas rondaba la muerte todos los días, de ganado de vacas y cabras por falta de lluvia. Se veían siniestros, casi irreales, sin embargo eran o siguen siendo los limpiadores naturales de toda la región, ya que cada animal muerto en el campo ellos daban cuenta de él. Pues sí, también son parte de la historia de Andrea. En las tardes-noches que nos sentábamos en su banqueta teníamos la costumbre de contarlos.

—¿Ya viste que llegaron más zopilotes?

—Sí, lo había notado, ¿tú cuántos ves?

—Mmmm, a ver, uno, dos, tres… veo como unos doce.

—Yo veo trece, checa bien. Mira, nota que hay uno con las alas abiertas como si tuviera calor y se estuviera refrescando con el viento, detrás de ese hay otro que tú no ves, mi amor.

—¡Sí, tienes razón!, son trece. Y vas a ver que en unos pocos días va a haber más.

Todas las tardes los contábamos, y cada tarde había uno o dos más.

—Ayer me dijeron algo de ti.

—¿De mí?, ¿los zopilotes? Pero ellos no hablan, vaya, ni siquiera cantan —*gulp*, tragué saliva, seguramente le habían dicho algo muy cierto de mí, como por ejemplo que me habían visto por ahí con alguna chica coqueteándole o algo parecido.

—Ups, ¿y qué te dijeron? Si se puede saber…

—Te vieron platicando con Sonia, además también me dijeron que en el baile del sábado bailaste con Ana Lilia, ¿eso es cierto?

—Mmmm, ¿ya viste que ayer llegaron más buitres a la torre?

—¡No te hagas!, ¡te estoy preguntando bien!

—Yo creo que ya son más de veinte, como que ya son muchos, ¿no crees?

—¡Te estoy hablando, hazme caso! ¿Es cierto lo que me dijeron?

—Caray, alguien debería de hacer algo para que ya no se junten más, se ven muy mal.

A ella, en vez de enojarse más, le daba risa y me abrazaba con amor.

—No andes haciendo eso, mi amor, ¿me lo prometes?

*Los buitres esperaban ansiosos la muerte de mi memoria para dar cuenta de ello, pero mi memoria se negó a olvidarte.*

Después de algún tiempo de felicidad, un mal día llegó su hermana mayor, Caro, con la siniestra consigna de llevársela a Torreón, ya que ella no había aceptado regresar a Tijuana porque no quería alejarse de mí. Tramaron venir a vivir cerca del pueblo para que ella no estuviera todo el tiempo conmigo, pero que tampoco estuviéramos lejos. Igual vino y se la llevó a Torreón, que no estaba muy lejos del pueblo, ni tampoco de sus intenciones de llevársela, pero ya no estaba conmigo.

*Ni tú debiste haberte ido, ni yo debí de permitirlo, no debí quedarme.*

Andrea ya no estaba en Camacho y todos la extrañábamos, la gente del pueblo, el viejito de la esquina, mi Willy Wi, las aves de la torre, el barrio, pero había una esperanza, ella estaba trabajando en Torreón, a solo cuatro horas en el tren que me la trajo, así que yo podía ir a verla y en fines de semana ella venia al pueblo. Sí, sólo para verme.

Nuestro romance seguía viento en popa, los bailes, la música, los juegos con ella, el tren que no se cansaba de llevar y traer historias de un pueblo a otro.

Recuerdo una noche que viajábamos de Torreón a Camacho, ella sentada en mis piernas, sin malicia alguna, abrazada a mí, su calor, su cuerpo, su voz, todo eso es algo inolvidable, todavía la siento.

La noche era como todas en Camacho, hermosa, a veces la luna se asomaba tímida detrás de alguna nube cómplice de los enamorados sentados en la banqueta de su casa. Afuera, en la calle, contemplábamos las estrellas y no, nunca se nos ocurrió contarlas, eran demasiadas. Andrea se levantó.

—Voy a ponerte una canción, espero que te guste —se levantó y se metió al pequeño cuarto que daba a la calle.

—Ok, me parece bien. Mientras me fumo un cigarro.

—Es una canción que escuché hace tiempo, es de Los Bríos, se llama "Silueta de Cristal".

Regresó a sentarse a mi lado y me abrazó mientras la canción se escuchaba en un reproductor de casete.

—Te amo. Nunca lo olvides.

Esas son palabras mayores. Creo que yo nunca antes dije ni escuché un "te amo", pero se sintió algo divino, inexplicable, y se lo creí, y me sentí especial y casi quería llorar, pero como no se permitía que un hombre llorara en un pueblo así, y menos por amor, ahogué el sentimiento y seguí escuchando la canción. Yo quería decirle lo mismo. Así, la noche se hizo profunda y perdimos la noción del tiempo, nada ni nadie nos molestaba. Ella abrazada a mí, recargada en mi hombro, tarareando esa hermosa melodía, la noche perfecta, los niños por ahí jugando, doña Simonita venía de la tienda calle abajo.

—Buenas noches les dé Dios, muchachos.

—Buenas noches, doña Simonita —contestamos los dos.

—No te metas tan tarde muchacha, ya está fresqueando el sereno, no tarda en clarear el día.

—No se preocupe, doña Simonita. Que descanse.

Pasaba un borrachín tambaleándose y cantando, botella en mano.

—No vale nada la vida… la vida no vale nadaaa…

A lo lejos se escuchaban gritos de alegría de un grupo de borrachines con canciones de Mario Saucedo y Pepe Hernández, las aves de la torre ya descansaban y las contamos, eran doce, las estrellas eran miles y en la pequeña grabadora se terminó la canción varias veces.

—¿Te gustó? —voltea a verme con esos ojos tristes, y llenos de amor.

—Sí, qué hermosa canción.

—¿La podemos adoptar como nuestra canción?

—¿En serio?, ¿tú quieres que esa canción sea nuestra canción?

—Sí, ¿o tú qué piensas?

—Ups, por supuesto que será nuestra canción, ¿para siempre?

—Sí, para siempre, que sea nuestra.

—Te amo. Sólo sé que te amo —me salió esa frase del corazón.

En ese momento diferí del borrachito que cantaba "No vale nada la vida", yo pensaba *sí, vale mucho la vida, por supuesto que vale, vivimos en un hermoso lugar, somos jóvenes, estoy con la chava más linda del pueblo y la amo, y creo que yo le caigo bien.*

Las fiestas en el pueblo nunca terminaban, a todos los eventos éramos invitados, en los bailes siempre andábamos juntos los dos, la plaza del centro tenía algunas bancas en las cuales se escribió nuestra historia y la de muchas otras parejas.

Pero la magia no puede durar para siempre, todo tiene un final; este final llegaba muy pronto.

Después de algunos meses, ambos sabíamos que eventualmente la familia se la llevaría a Tijuana porque ella era la más chica, la que todos cuidaban, y yo no podría impedirlo. Aunado a eso, los chismes en el pueblo de algunas chicas malintencionadas acabaron por convencerla de irse.

—Me voy a ir, me voy con mi familia a Tijuana.

—Pero… Andrea, ¿cómo que te vas… así, así nada más? Todo lo que te han dicho de mi es falso, tal vez algunas cosas sean ciertas, pero lo podemos resolver, no te vayas, mira, yo puedo ir más seguido a Torreón a verte, podría conseguir trabajo allá para estar más tiempo juntos.

—No sólo es eso, no puedo quedarme porque mi vida esta allá con toda mi familia, con mi madre, mis hermanas, mi hermano mayor. Igual no me van a dejar de presionar para que me vaya, los conozco bien. Además también me voy porque veo que tú no me necesitas, no sabes lo que quieres, tal vez algún día sepas, y si esa soy yo, te estaré esperando, tal vez aquí, tal vez en otra parte, regresaré tal vez en octubre o diciembre, y si todavía estas aquí podemos hablar —esas fueron sus palabras.

Palabras que calaban muy hondo y que siguen doliendo. Ella, frágil, sencilla, casi indefensa, esa hermosa mujer que regresó al pueblo sólo por unos días y que se quedó porque me amaba, desafiando a toda su familia, a todas ellas y su hermano mayor, la estaba perdiendo y reconozco que era mi culpa. A mí me inventaban romances falsos con otras chicas, nunca tuve otra novia que no fuera ella, había chicas ahí en el pueblo muy dolidas que se empeñaban en separarnos con mentiras. Sinceramente no logro comprender por qué ella escuchaba a ciertas personas que le mentían para separarnos.

Lo que siguió después no ha terminado, vinieron los días más tristes de mi vida. Se llevó todo de mí, el pueblo no volvió a ser el mismo nunca. Llegó el verano y le siguió el otoño, las hojas cayeron y con ellas mis ganas de vivir, paseaba por las calles con la mirada caída. Los amigos que conocieron la historia aún la viven, aún la sufren y aún preguntan por ella.

Alguna vez le pregunté a ella que si nos casábamos, que si podíamos hacer nuestra vida juntos, pero ella me respondió que no, que ella todavía no pensaba en casarse, que éramos muy jóvenes, y creo que tenía razón.

Una noche antes de que ella se fuera, acordamos que regresaría el próximo diciembre (1990) para hablar acerca de nosotros. No recuerdo el mes ni la fecha en que se fue, tal vez sería en septiembre, lo que sí recuerdo es que el día que se tenía que ir fui en la madrugada a su casa para llevarla al tren de las 4:30 am. que la llevaría a Torreón, Coahuila. Llovía y hacia frio, el cielo lloraba y casi no hablábamos, caminamos en silencio toda la calle hacia abajo, rumbo a la estación.

En sentido contrario venia doña Elisa, aquella linda viejecita que se pasaba las noches y madrugadas buscando a sus tres hijos que seguramente andaban de parranda.

—Muchachos, ¿no han visto a mis hijos?

—¿A quién tía? —responde ella.

—Pues a los tres cabrones de mis hijos, me dijeron que los habían visto acá por tu barrio, mija.

—No, tía, no los vimos, ¿verdad, amor, que no se han escuchado por ahí?

—No, doña Elisa —respondí yo con seguridad—. No los hemos visto, ni ruido se escucha por ahí que tuvieran música o alboroto.

—Bueno, muchachos, ¿y a dónde van con esa maleta?

—Voy a Torreón, tía, a visitar a mi hermana Caro —se apresura a contestar y voltea hacia mi como pidiendo que no la descubra que ya no piensa volver.

—Ándale pues, hija, no te tardes mucho, y no me dejes tanto tiempo solo a este canijo.

Seguimos caminando hacia la estación. Yo no sé qué estaría pensando ella, pero yo quería que ese maldito tren nunca llegara para que ella no se fuera. Sin decirme una sola palabra se alejó unos metros hacia el andén, yo me senté en el borde de la banqueta, se acerca Reyitos, el cuidandero de la estación y personaje célebre y muy querido en el pueblo por su carácter manejable y atento.

—¿Va de viaje?

—No, mi Reyitos, sólo la vengo a despedir.

—¿A quién?, ¿a la chica del andén? —él se refería a la perfecta silueta de una chica que se desdibujaba a contraluz de las pocas lámparas que tenía el lugar.

—Sí, mi Reyitos, ella va de viaje.

—Si la deja ir ya no va a volver. Sí, mi Nato, así dicen ellas que van a volver y luego ni regresan.

—¿Por qué lo dice, Reyitos?.

—Porque yo todos los días estoy aquí en la estación y veo que todos los días se despiden gentes que ya no regresan. Tengo aquí muchos años, he visto muchas cosas.

La poca gente que a esa hora abordaba el tren empezó a levantarse de sus lugares para acercarse al andén. Muy a lo lejos se escuchó el inconfundible silbido amenazante, era el presagio de lo que estaría por venir en los próximos días. El tren se detuvo chirriando los frenos metálicos que inundaba el silencio de la madrugada, ella subió y yo atrás de ella para ayudarle a subir su maleta. Se despidió de mi con esa mirada triste llena de lágrimas que nunca se le acabó, que siempre llevaré conmigo.

Yo bajé del tren, seguía lloviendo, a través del cristal de la ventana vi su rostro y su mano diciéndome adiós, yo con lágrimas y lluvia en los ojos. El tren empezó a moverse lentamente, el último vagón se fue perdiendo entre la lluvia y la bruma de la madrugada, lo vi alejarse hasta que se perdió en la curva cerca del panteón del pueblo, un kilómetro hacia el norte. Me quedé sentado en el andén por las siguientes dos horas, pero no estaba solo, la lluvia estaba conmigo y un perrito callejero que buscaba comida en las vías. Reyitos se acerca.

—La chica del andén ya no regresará pronto, mejor vamos a dormir, ya mero clarea el día, mi Nato. El tren de mañana, el de las 11:30, acaban de avisar que se accidentó en Nazareno, va a tardar, así que yo voy a aprovechar para descansar. Hasta mañana.

—Hasta mañana, mi Reyitos.

Los días después de su partida me tocaba responder la misma pregunta a todo curioso.

—¿Y Andrea?

—¿Andrea se fue?

—¿Por qué se fue?

—¿Dónde está Andreita?

Cada canción parecía estar escrita para recordármela, el mismo pueblo, sus calles, su casa, la banqueta donde nos encontró la madrugada más de una vez.

—Buenas noches, muchacho, ¿y dónde está tu muchacha? ¿Por qué no está contigo?

—Buenas noches, doña Simonita. Creo que ella no es de aquí, no pertenece ya más a este barrio, se fue a donde ella es feliz. El tren la trajo, el tren se la llevó.

\*\*\*

*Otoño 1990*

El tren llegaba a diario, dejaba y se llevaba gente, los días así transcurrían sin tener ninguna noticia de ella. Algo se perdió de mi persona, algo ya no estaba ahí, parte de mí se fue aquella madrugada lluviosa y por más que buscara en su calle, en su banqueta, no había ningún indicio de ella. Dejé de jugar con mis amigos, los pequeños que me buscaban para jugar a las canicas, mi caballo lo fui a dejar al rancho con el vaquero que cuidaba el ganado de la familia, los niños de la cuadra me preguntaban por ella, *¿qué les digo?* No había nada, sólo la esperanza de que ella regresara en diciembre como lo había prometido. Mientras tanto yo seguía con mi vida rutinaria de atender la pequeña tienda de la familia, salir por las tardes a jugar básquet, o billar con mis amigos, de vez en cuando iba al rancho a revisar el ganado y trataba de mantener mi mente ocupada para no pensar tanto en ella, pero la extrañaba mucho.

Cuando llegó el mes de diciembre, todos los días iba a esperarla a la estación porque yo sabía que llegaría, *ella lo prometió*, en el tren que venía del norte. Uno llegaba a las 11:30 del día, y el otro llegaba a las 12:30 de la noche, yo estaba ahí todos los días en las dos llegadas del tren. Cada día la esperanza era nueva.

*Hoy va a llegar*, me decía, *tiene que llegar.*

La gente que regresaba de los lugares donde trabajaba y vivía venía a pasar vacaciones al pueblo como todos los años, y a ver o a jugar el torneo de fútbol. El pueblo estaba lleno de gente de todos lados, pero para mí estaba vacío, ella no llegaba.

Así se terminó ese diciembre y yo seguía asistiendo a los dos trenes con la esperanza de verla llegar. Algunos amigos que me veían esperándola trataban de convencerme.

—Ya, Nato, ya no la esperes, ya no va a regresar, ya olvídala, sólo te haces daño, no nos gusta verte así, ya no eres el mismo de antes, no sales a jugar al básquet, ni al billar, en las noches no te encontramos.

*** 

*25 de diciembre 1990*

Después de ver el tren de las 12:30 am partir, regresé a la casa. Recuerdo que tenía en un casete una canción en inglés, "Still Loving You" de Scorpions, y percibía en la letra una historia muy parecida a la mía a juzgar por la interpretación tan dolorosa del vocalista.

La puse en mi grabadora, me senté frente a un buró y la regresé infinidad de veces hasta que amaneció, entró mi hija Palomita de cuatro años, me preguntó que si lloraba por Andreita, yo le contesté que no.

Pero a los niños, en su inocencia, es casi imposible engañarlos. Me trajo una fotografía donde estábamos los tres para que ya no estuviera triste.

*Enero 1991*

Gerardo y Cheli, ya casados, habían decidido irse a Juárez, Chihuahua, para trabajar y empezar una nueva vida allá, y yo, con la intención de ir a buscarla, decidí irme con ellos.

Llegamos a Ciudad Juárez dispuestos a trabajar y rápidamente nos contrataron en una maquila cercana a la colonia donde viviríamos. Recuerdo que yo le escribí una carta que obviamente ella leería después de un mes o más por lo lento del Servicio Postal Mexicano. Lo que me contestó en su carta de regreso fue que ella ya tenía una vida en Tijuana, que lo nuestro había terminado, que ella no estaba sufriendo por mí, y cosas así. Creo que era como el tiro de gracia y ya no le contesté. ¿Para qué?

\*\*\*

*Abril 1991*

Llovía a cantaros, apenas lo recuerdo. Cheli ya estaba dando a luz en un hospital cercano, nosotros estábamos en el trabajo y cuando llegamos a casa nos avisaron que nos fuéramos rápido para el hospital, ya era tarde y creo que no había camiones de ruta que nos llevaran hasta ese lugar, así que tuvimos que correr.

Hacía frio y además, lloviendo, el camino se hizo largo y cansado, pero no nos detuvimos para nada, teníamos que llegar. Y ahí vamos los dos, otra vez la vida nos regala otro momento inolvidable: el nacimiento de su primer hijo, el fruto de un gran amor, de *su* gran amor, pero además, ¿cómo iba yo a faltar a un evento tan importante en la vida de mi amigo? De ninguna manera, yo tenía que estar ahí en primera fila como lo marcan las leyes de la amistad.

¿Y Andrea y yo? ¿Por qué no tuvimos esta vida?

Yo seguí metido en mi trabajo, ahora ya no tenía una meta, cada fin de semana me perdía. Desde el viernes me iba al centro de la ciudad con unos amigos y sólo tomábamos y tomábamos hasta quedar casi sin sentido en cualquier bar de mala muerte. Recorrí cada antro del centro de la ciudad, me quedaba a dormir en casa de algún amigo o con alguna efímera aventura; el dinero que ganaba con mi trabajo quedaba en los bares y en sucias cantinas de ese barrio nocturno y peligroso; peleas de barrio y en salones de baile acompañado de algunos amigos.

Recuerdo una noche en especial. Estábamos en el bar conocido como El 654, un salón de baile de tantos que abundaban, estábamos Juan José, Quico y yo. Por alguna razón ridícula, como suele pasar en las cantinas, surgió una discusión entre Juan José y un tipo de la otra mesa. La música sonaba fuerte, la gente bailaba, las meseras iban y venían con cubetas de cerveza, el bullicio estaba a todo volumen, así que una pelea más no era nada extraordinario.

En unos cuantos minutos los botellazos se propagaron por toda la cantina, llegaron los guardias y nos sacaron a la calle por peleoneros, pero el tipo que había peleado con mi amigo también estaba en la calle y con los ánimos aún calientes. El pleito continuó en un callejón oscuro hasta que hubo un ganador. Y así, cada fin de semana se repetía la misma escena. Después de algunos meses Gerardo me regañó. Y con justa razón.

—¿Qué te pasa, cabrón? Ya estuvo, ya párale. No sabemos nada de ti en tres días cada fin de semana, no sabemos si estás bien o mal, con eso no vas a resolver nada.

—Tú no sabes nada de cómo me siento, déjame en paz —respondí sentado en la banca del patio.

Me siguió con la mirada dura y sus palabras sonaban fuertes, así como es él.

—Tienes toda la maldita razón, no sé cómo te sientes, pero tú tampoco sabes cómo nos sentimos nosotros de verte así, sin vida. Ni siquiera sonríes nunca, no hablas ninguna palabra, tienes la mirada perdida y hasta acá se escuchan tus sollozos en la noche. ¿Cómo crees que nosotros nos sentimos?

—Tienes razón, discúlpame, sólo que… no encuentro mi lugar. Voy a tratar de cambiar las cosas.

Los días pasaron así, sin nada, sin saber nada de ella. Cada día era igual al anterior, ajeno estaba yo a mi propio entorno. ¿Y si su familia estaba presionándola para que me olvidara y me dijera todo eso? La correspondencia no llegaba a la casa, tenía que ir a cierta farmacia al final de la colonia a preguntar si había alguna carta; a mí ya no me interesaba preguntar, Andrea ya me había dicho todo.

Un día, tres meses después, Gerardo y yo fuimos a comprar pañales para Fredy, que estaba pequeño. Después de pagar, la señora me dice:

—Oiga, le llegó una carta desde hace tres semanas, qué bueno que vino porque yo ya la iba a regresar. Usted se llama Nato, ¿verdad?

Era una carta de Andrea donde me decía todo lo contrario a lo que dijo en su última carta. Me decía que sí, que sí me amaba todavía, que sí había sufrido mucho, y que todavía me extrañaba, que sí quería que yo fuera a buscarla a Tijuana, que me iba a estar esperando. Palabras más, palabras menos.

Mi esperanza renació. Tenía un motivo para seguir adelante, sólo había que juntar dinero para el boleto. Y tal vez sólo para el de ida. Me quedé a trabajar horas extras, gasté lo menos posible, le contesté la carta, ella me mandó otra, hasta que le puse fecha a mi aventura hasta Tijuana. Sería un 17 de agosto de 1991.

Mi autobús saldría a las nueve de la noche. Ya con boleto en mano hice mi maleta y me despedí de todos. Cheli salió de la casa a despedirme, echándome su bendición. Gerardo sólo me dijo:

—Ten cuidado, cabrón.

Mi hermana Nina me vio partir con lágrimas en los ojos. Al pasar frente a la casa de mi hermana Chela, ella salió a pedirme que no fuera.

—No vayas, hijo, mira, las mujeres somos cabronas, te van a lastimar, además está muy lejos. ¿Por qué no mejor te esperas a diciembre? A lo mejor ella viene para el pueblo y allá pueden arreglar las cosas.

—Ya está decidido, Chela, tengo que ir. Y quiero ir. Necesito verla, aclarar todo esto.

Ya en la central de autobuses mi hermana Betty me acompañó hasta la salida. Mi hija-sobrina Cinthia de cinco años se abrazó de mis piernas, llorando que no me fuera:

—No te vayas, papito, no te vayas —un amorcito tan limpio y puro como el de una niña que te dice papá sin que lo seas es un regalo anticipado de Dios.

Pero a mi nada ni nadie me podía detener, tenía que ir, tenía que cerrar ese círculo que me estaba destrozando la vida. Y así me imaginé muchas cosas, algunas a mi favor y otras veces me imaginaba que regresaría peor. Tenía miedo.

El camino fue largo, veintidós horas en carretera. Nuestra ruta tocaba muchos puntos en su recorrido, se paraba casi en todos los pueblos, yo traté de convencerme que todo saldría bien. *¿Acaso no fue ella quien me dijo que fuera a buscarla? ¿Qué puede salir mal?* Sus palabras, en las cartas que recibí, me alentaron a ir a su encuentro, nuestra historia todavía no terminaba. Algo falló, algo hicimos o hice mal en el pueblo, tenía que saber qué era y remediarlo, si era preciso, pedirle perdón. Me sentía culpable y no sabía de qué, me sentía abandonado no sé si por ella o por mí mismo.

Al llegar a Mexicali el chofer hace una parada y se dirige a todos los pasajeros:

—Señores, tenemos que parar unas horas para que nos revisen la unidad antes de subir a la Rumorosa.

La Rumorosa es una cadena montañosa que se eleva 1278 msnm, no está muy alta comparada con otras montañas del norte de México, pero a juzgar por el ascenso en carretera es un lugar muy accidentado y peligroso. Los pasajeros bajamos del autobús buscando un lugar donde descansar, otros buscábamos dónde comer algo, todos estábamos cansados del viaje tan largo.

Me alejé un poco y bajé una calle hacia el centro de la ciudad sin buscar algo específico. Me llamó la atención un grupo de personas que estaban escuchando a una mujer encapuchada de edad madura, tal vez tendría cincuenta y tantos, venía caminando en sentido contrario y un tipo se detuvo a advertirme:

—No le recomiendo que se acerque a esa hechicera, los que vienen con ella no la conocen porque son viajeros y no saben el mal presagio que les puede augurar. Llegó de la nada, nadie sabe de dónde vino y, como ella dice, "nadie sabe a dónde va".

Su rostro escondido bajo un manto blanco y su vestimenta floja de hábitos largos y un poco descuidados, su voz ronca tal vez de tanto hablar tratando de ganar unos pesos…

—*No, viajero, no me interesa tu dinero, ni tu buen gusto por la lectura, no me interesa tu educación, ni de dónde vengas, sólo debes de preguntarte hacia dónde vas, porque lo que ha quedado atrás es pasado, lo que viene delante de ti es futuro, en un parpadeo se vuelve presente y en unos cuantos segundos ya es pasado, o sea que tanto tú como yo estamos en el mismo punto y hace un minuto que llegaste aquí, ya se volvió pasado, ya es historia al igual que esta frase que apenas la dije, ya se fue. Pregúntate, aventurero, aventurera, hacia dónde vas, porque segura estoy como lo es el viento que ustedes no saben hacia dónde se dirigen. Si no conocen el lugar, mejor regresen por donde llegaron y así podrían evitarse un dolor que les perseguirá toda la vida.*

Con un ademán de desenfado algunas personas se retiraron, sólo nos quedamos cuatro viajeros del mismo autobús que, curiosos, nos habíamos acercado a escuchar.

—*¿Ustedes van hacia el futuro, verdad? No vayan allá, no hay nada bueno.*

¿Cómo supo esa mujer que mi percepción del tiempo y del espacio me indicaba que el norte era el futuro y el sur era el pasado?

\*\*\*

*18 agosto 1991, Tijuana, días de elecciones*

Salí de la central y un ejército de coyotes se apresuraron a abordarme, según ellos me ayudarían a cruzar la frontera con Estados Unidos, pero un buen hombre que abordó el autobús en San Luis Río Colorado horas antes de llegar me advirtió:

—Llegando a la Central de Tijuana no le haga caso a nadie que se le arrime ofreciendo cruzarlo. Sólo salga y tome el camión que le dije, ese lo lleva hasta la colonia que busca. No confíe en nadie, joven, aquí es una ciudad muy peligrosa. Que Dios lo bendiga.

—Gracias por sus consejos, señor, y sí, los tomaré muy en cuenta. Se cuida mucho.

¡Salí de la central, esperé el camión que aquel buen hombre me dijo, lo abordé y así llegue a aquella colonia cuyo nombre ya no recuerdo! Preguntando aquí y allá pude dar con la calle y el número, me estaba aproximando a ella, ya estaba cerca, la vi…

La vi parada en el marco de una puerta, con la mirada baja, cuando volteó a verme no hubo ninguna expresión de emoción, no hubo un abrazo eufórico y, conociéndola, eso era muy raro. Cuando Gerardo y yo regresamos de Piedras Negras, un año antes, llegamos a Torreón a verlas, tanto Cheli como ella, y salieron corriendo de la casa a recibirnos. Abrazos, besos, gritos de alegría, ese día en Tijuana no sucedió nada de eso, algo no andaba bien.

—Hola, ¿cómo estás?

—Hola, bien. ¿Cómo te fue en el viaje?

Aquel momento se sintió un tanto incómodo para los dos, yo no entendía su indiferencia, no era el recibimiento que yo hubiera querido, pero al menos ya estaba ahí, con ella.

—Ven, pásale.

—Pero, ¿qué pasa?

—¿No te llegó el telegrama que te mandé?

—No, no recibí nada. ¿Por qué?, dime, ¿qué sucede?

—Entremos a dejar tu maleta y te explico.

Cuando entramos a la casa dejé la maleta y saludé a Caro que estaba recién operada de su primer hijo. Recuerdo que nos mandó a la farmacia a comprarle algo, Andrea me pidió que la acompañara. Las dos cuadras las caminamos en total silencio, ya presentía el golpe.

—Espérame aquí afuera, deja compro eso.

Entró a la tienda y yo la estuve esperando algunos minutos. Cuando salió nos quedamos un rato en silencio, parados en la banqueta de la farmacia.

—Es que yo te mandé un telegrama diciéndote que no vinieras.

—¿Por qué no querías que viniera si tú misma me lo pediste en tus cartas?

Después de un largo silencio, me dice:

—Es que tengo novio.

—¿Tienes novio? Pero, ¿cómo me dices eso hasta ahora?

—¡Pues por eso te mandé el telegrama, para que no vinieras hasta acá!

—No entiendo, Andrea, ¿por qué me haces esto? ¿Por qué...?

Ella empezó a caminar de regreso a la casa y yo atrás de ella. Quería una explicación más convincente, eso no encajaba en mi realidad.

Ya de regreso en la casa, yo entré y me senté en un sillón. Ella salió al patio, luego Martín me invitó a la tienda a comprar algunas cosas. De regreso estaba Andrea con su novio, recargados en un viejo automóvil, aquel joven trataba de besarla pero ella no se dejaba y discretamente trataba de zafarse de él, pero seguramente él ya sabía de mí, así que quiso demostrar que él era el dueño. Martín y yo entramos a la casa, yo tomé mi maleta y le dije a Caro:

—Caro, gracias por recibirme, pero creo que mejor me voy.

—¿Cómo crees? ¡Si acabas de llegar!

—No te preocupes, Caro, no tengo nada que hacer aquí. Gracias, luego nos vemos.

—No te vayas así, Nato. Espérate, platiquen.

—No creo que tengamos de qué platicar, yo no tenía que haber venido.

Caro le pidió a Martín que fuera conmigo a la central a dejarme, yo sólo quería irme de ahí, pero no encontré boletos a ninguna parte. Me quería alejar a donde fuera, pregunté por salidas a Juárez, Monterrey, Piedras Negras,

Torreón, Zacatecas, simplemente no había salidas porque eran días de vacaciones.

Tuve que comprar el boleto de regreso a Juárez en dos días, *¿dos días?, ¿y qué demonios voy a hacer aquí estos dos interminables días?* No sabía, pero tenía que regresar con Martín a la casa a pesar de que le pedí que me dejara en la central y que ahí yo dormiría esas dos noches. Él se negó rotundamente con el argumento de que ahí no amanecería vivo al otro día, *ups, ok, regresemos a casa.*

—No encontramos boleto de regreso, aquí se va a quedar hoy y mañana. Deja que acomode su maleta en el sofá y que aquí se quede, no tiene por qué ir a otro lugar, esta es su casa.

El hermano mayor de Andrea, un tipo muy agradable y el líder de la familia, se acercó a mí.

—¿Cómo te sientes?

—Bien en lo que cabe, gracias.

—¿Qué te parece si en la noche vamos a dar una vuelta al centro? Sólo será un paseo de relax.

—Sí, claro, me hace falta.

El centro de Tijuana en las películas se ve intimidante, pero en realidad es bonito: las luces, sus calles, su bares y restaurantes, aunque para mi mala suerte esa noche, a razón de estar en elecciones, estaba todo cerrado.

* * *

*19 de agosto 1991*

Lunes, día de trabajar, amaneció el día triste, nublado, sin sol, gris y mi estado de ánimo igual de sombrío. Martín se acerca conmigo.

—Tengo que ir a hacer unas cosas, ¿me puedes acompañar?

—Claro, de hecho sí quisiera salir un poco, y regresar a Juárez, sólo alejarme de aquí.

—Ya tienes el boleto, recuerda que pasado mañana te podrás ir. Mientras quiero que estés bien, yo entiendo por lo que estás pasando, no estés triste, esas cosas así suceden.

Caminamos hacia la calle y en la esquina tomamos un autobús que nos llevó directamente a la playa, o lo que se pueda llamar playa en Tijuana. Por la ventana del autobús se veía a lo lejos algo parecido a un inmenso espejo tirado sobre la superficie de un suelo interminable.

—¿Qué es eso?

—Es el mar.

—¿Eso es el mar?

—Sí, eso es el mar. Y así se ve porque refleja la luz del sol a estas horas.

—¡Guau! Es inmenso.

Llegando a la playa fue algo impresionante, era la primera vez que yo veía el mar, era tan grande, tan imponente, casi, casi como mi tristeza. Me acerqué a las arenas de la playa, tuve la sensación de que las pequeñas olas que llegaban a mis pies trataban de abrazarme, de decirme, *calma, todo estará bien*, y así, con lágrimas en mis ojos, me llegó el trance por primera vez.

Repentinamente escuché en mis oídos un zumbido tan intenso que me hizo caer de rodillas en medio de la arena y de las olas que seguían en su intento de consolarme. El mar cobró vida. Ya no escuchaba a Martín que trataba de hablarme, sólo veía cómo movía sus labios pero no emitía ningún sonido, el mar me habló y yo lo interpreté.

*Amores van, amores vienen, por eso estás aquí, alguien se ha ido de tu vida y supones que aquí conmigo la encontrarás, nada más lejos de la realidad, busca en tu interior, ella jamás se ha ido de ti, ni tú te has ido de ella, cada cual trae la mitad del otro, sin embargo, la sal del llanto vertido que en mis aguas dejas me pertenece, que la inmensidad de tu tristeza se pierda en el horizonte y que tu mirada muerta se despoje de la amargura que te han provocado… te estaba esperando… nos volveremos a encontrar, lo prometo.*

\*\*\*

*21 de agosto 1991*

Llegó la hora de mi regreso.

Al fin, mi regreso a Ciudad Juárez. Mi autobús salía a las once, en casa de Andrea desde las seis de la mañana ya andaban preparándose para ir a trabajar, yo sólo trataba de encontrarme con su mirada para despedirme de ella, pero se rehusaba a mirarme, tenía miedo, igual que yo. Quería decirme, "No te vayas, perdóname, te amo," ¿era eso?, ¿quería ella decirme eso? ¿o sólo era mi imaginación?

Se fueron todos al trabajo y yo me quedé a esperar la hora para irme a la central y tomar mi autobús, pero intempestivamente llegó Cuquis, una de las hermanas mayores, en compañía de Andrea que se había sentido mal y que la llevaría al hospital, sólo sacaron algunos documentos y se fueron. Pocos minutos después yo tendría que irme también.

Así que salí a la calle con mi maleta y sin la compañía de Martín a esperar mi taxi. En Tijuana, en aquellos tiempos, había una ruta de transporte que se cubría con un carrito tipo taxi, pero que no se desviaba de su ruta ya programada.

Llegó el carrito con algunas personas ya ocupando los asientos del interior del carro, así que tuve que conformarme con viajar atrás, en la cajuela abierta. El carrito parecía más una carroza fúnebre que un taxi, ¿y qué importaba?, para mi caso daba lo mismo, yo iba muerto en vida, me llevaban a mi entierro. El carrito se acomodó más a mi situación que a otra cosa y, no siendo suficiente con todo lo que me estaba pasando, la vida, o no sé a quién echarle la culpa, me puso en la radio una canción de Ana Gabriel que venía a remarcar y darle sazón a lo ya de por sí. Entristecido día, la canción se llama "Ahora". El carrito cumplió con su recorrido y bajé en una esquina del centro de Tijuana para esperar el autobús que me llevaría a la central.

Cosas de la vida, de Dios, del destino, no lo sé, justo en el lugar donde yo estaba esperando estaban Cuquis y Andrea subiendo a unos de aquellos carrito-taxis que iban de regreso a su barrio. *¿Cómo es posible?, en medio de tanta gente, en una ciudad tan grande, con muy pocas posibilidades de volverla a ver, ella está aquí, a unos metros.* Me acerqué y ella misma se sorprendió y con lágrimas en los ojos dijo:

—Perdóname, no quise lastimarte. Por favor, perdóname.

—Ya me voy, estaré bien.

—Pero no entiendo, ¿por qué estás aquí en la misma calle, en la misma avenida?

—Tú dime, yo tampoco lo sé. Cuídate mucho.

—Te veo en diciembre, lo prometo.

—Sí, está bien.

Se escucha la voz de Cuquis:

—Ándale, Andrea, el carrito está esperando.

—Te cuidas. Te prometo que en diciembre voy.

—…

—Adiós.

—Sí, adiós.

*Tanto te perdoné que casi me olvido de perdonarme a mí mismo.*

El carrito se perdió en la avenida y mi corazón se fue con ella. En la esquina, antes de dar vuelta, ella volteó, vi su mano diciendo adiós: una despedida más.

El camino de regreso a Ciudad Juárez fue difícil por la situación que estaba viviendo. Pero se vendría otra más difícil. Delante del autobús en el que viajaba de regreso, circulaba un tráiler con dos cajas, un autobús de pasajeros y un carro compacto. El autobús trató de rebasar el tráiler justo después de bajar la última montaña peligrosa, el tráiler le cerró el paso y se produjo el choque, el tráiler volcó, el autobús chocó contra unas palmera de monte, el carro se estrelló a un costado de las cajas del tráiler, nuestro autobús frenó y dimos varias vueltas en el pavimento, quedando en sentido contrario y en las cuatro llantas y a salvo todos los pasajeros.

El día estaba muy caluroso, casi entrabamos en el desierto de Sonora, obviamente el tráfico se detuvo en los dos sentidos. La caja del tráiler quedó atravesada en la carretera; por alguna razón que sólo Dios conoce, el tráiler volcado estaba lleno de frutas, el chofer y su hijo salieron ilesos y pudieron meter a un niño pequeño para que sacara del tráiler la fruta que nos dio fuerzas para aguantar aquel calor mortal. Casi ocho horas pasaron para que llagara la grúa que quitaría los obstáculos del pavimento.

En ese momento pensé en las palabras de mi hermana Chela, "No vayas, te van a hacer daño, espera a que el tiempo se arregle". Sabias palabras de alguien que ya había vivido.

Al llegar a casa, después de mi largo viaje salió mi hermana a recibirme como quien recibe al soldado herido, pero yo no venía herido del cuerpo, yo traía otras heridas, otras que no se curan con nada. La maleta venía casi arrastrándose por sí sola detrás de mí, y a pesar de que el barrio era de pandillas peligrosas y casi todos los días se peleaban unas contra otras, no me importó, solo camine a casa.

—Ay, hijo, te lo dije que no fueras. Mira cómo vienes, ven.

Me abrazó y qué oportuno abrazo de mi hermana en ese momento que me sentía desfallecer de tristeza.

Salió Cheli corriendo de la casa de al lado al ver que mi hermana me llevaba abrazado, y con esa empatía que ella suele sentir por los demás me abrazó con un cariño tan grande que en ese momento de verdad yo necesitaba. Lloró conmigo.

—Gracias a Dios que ya regresaste. Ven, ven, vamos a la casa, te prepararé algo de comer. No te preocupes, todo va a estar bien.

*Todas las distancias que alguna vez hubo entre tu vida y la mía apenas fuero unos pocos milímetros entre tu amor y el mío.*

\*\*\*

Era agosto de 1991, en lo que restó del año, Gera tenía razón, nunca más me vieron sonreír. Dormía lejos de la familia, comía solo, no había música que yo tolerara, nadie podía dirigirme la palabra, esos días fueron los más oscuros que yo viví.

Si antes de mi viaje las cosas no iban bien, regresé y las cosas que parecían agradables ahora eran totalmente ajenas; si antes me iba tres días de la casa, empecé a faltar toda la semana; dormía en el techumbre para que no me escucharan llorar; el viento, las cosas, las personas, el camino a casa después del trabajo, todo parecía tan monótono.

¿Cómo era posible? Yo el señor de los caballos, yo, el tipo más afortunado del pueblo, el tipo más macho de todos. Ella ya no estaba y sólo su ausencia quedó en el camino.

Todavía la herida abierta en mi vida cotidiana, los ruidos de la calle pasaban de largo, sólo algunas voces conocidas y muy familiares lograban de vez en cuando romper el letargo de las repetidas tardes. Alguna estación de radio tenía una hora dedicada a puras canciones de Vicente Fernández, una noche cualquiera se empieza a escuchar una de sus canciones icónicas "Que Dios te perdone", era tarde, como las ocho de la moche. Escuché un grito desde la cocina de la casa.

—¡Natooo!, ¿ya escuchaste? Súbele a esa canción, nos dueleee…

*Sí, Cheli, vamos a escucharla, vamos a llorarla*, pensé yo casi en voz alta y dejé que taladrara mis oídos con aquella dolorosa letra, seguramente el compositor debió de estar pasando por algo similar.

Se acercaba diciembre y con él el día en el que tendría que regresar a enfrentar mi pasado. Andrea me prometió regresar al pueblo donde hablaríamos de una vez por todas, el único propósito en esa etapa de mi vida era volver a verla a pesar de lo sucedido en Tijuana, algo me decía que no eran sus decisiones, que estaba siendo presionada por alguien, por algo, así que teníamos que hablar largo y tendido para decidir sobre nuestras vidas, y saber qué hacer.

***

*Noviembre 1991, Ciudad Juárez*

—Se está acabando noviembre —mirándome a los ojos un vagabundo recitó esa frase en una calle concurrida de Ciudad Juárez, un fin de semana que paseaba por el centro.

El personaje era barbón, pelo largo, su ropaje era una bata sobre otra que alguna vez fue color blanco, un poco sucia, su aspecto un tanto desaliñado, tal vez tendría unos cincuenta y ocho o sesenta años. Me tendió la mano para pedir una moneda.

—Se está acabando noviembre, algunas aves regresan al sur porque aquí en el norte se acaba la esperanza. ¿A dónde iras tú, joven? —su mirada se clavó en mis ojos y no pude eludir la pregunta.

*¿A dónde iré yo? No lo sé,* esa pregunta me la venia haciendo yo mismo desde meses atrás. *Seguramente al sur, pero no por el frio físico, sino por el frio en el alma,* pensé yo. Su mirada era tan profunda que se podían adivinar un sinfín de nostalgias acumuladas en su memoria. Sólo atiné a regalarle una moneda, y seguí mi camino no sin antes reflexionar sobre su pregunta y darme cuenta que sí, se estaba acabando noviembre.

*Diciembre 1991, Camacho, Zacatecas*

Siempre es un gran motivo de alegría regresar a la tierra que te vio nacer, y crecer, a las calles donde jugaste de niño, la escuela primaria, secundaria, donde sin duda transcurrieron los años más felices en la historia de todos nosotros, los que crecimos ahí. Pero ahora, de jóvenes adultos, el sentido de la vida ya no era tan inocente, ya no había aquellos juegos infantiles en los que sólo era diversión, eso había pasado, ahora teníamos ilusiones, queríamos vivir, amar, y en mi caso esperar a aquella personita que me había prometido regresar. *Y pensar que ella es un ser humano independiente, individual, único.* Me preguntaba, *¿cómo es posible que ella pueda vivir con la mitad de ella misma, si yo traigo su otra mitad conmigo?*

La fecha de regresar al pueblo se acercaba y mis amigos y yo hacíamos nuestro ahorro para solventar los gastos del viaje, comprar algo de ropa y llevar algunos regalos para la familia. Después de todo un año de estar lejos de la tierra que nos vio nacer, al fin estaba en casa, no sin antes haber vivido toda una aventura para tomar el tren de regreso que me costó más de lo que imaginaba.

Estaba todavía muy fresco el recuerdo de mi viaje a Tijuana, bueno, *al menos ella me prometió que regresaría en este mes para platicar, y aclarar todo,* ¿aclarar todo?, eso ya había sucedido y de igual manera no se presentó, no cumplió su promesa de regresar y así pasaron algunos meses.

Los últimos días del año no fueron menos crueles, ella estaba en todas partes, en cada rincón del pueblo, en cada calle, en la sonrisa de los niños con los que acostumbrábamos a jugar, que se acercaban a mí para preguntar:

—Oiga, ¿dónde está Andrellita?

Con un nudo en la garganta sólo atinaba a acariciarles la cabeza y seguir mi camino. Ella con esa imagen mística, casi mágica, como quien sale una vez y te seduce pero inmediatamente se esconde para ya nunca salir; te hace preguntarte, ¿de verdad ella estaba aquí?, ¿o sólo fue el sueño colectivo de un pueblo romántico que suele hacer de sus canciones historias verdaderas?

*El sol siempre salía por donde mismo, pero tú no llegabas por donde te fuiste, las vías del tren que llegaban del sur no llevaban a ninguna parte del norte.*

Las canciones que el *modus vivendi* de mi pueblo adoptó por muchos años siempre fueron muy nostálgicas y parecía que cada una de ellas la hubieran escrito justamente para echarle limón a la llaga de su ausencia. Sólo por no dejar de mencionar algunas: "La última canción", "Brindo por tu cumpleaños", "Volveré", "Navidad sin ti", "¿Qué será de ti?", "Procuro olvidarte", "Yo sé que te acordarás", "Para que no me olvides", "Ella ya me olvidó", "Tengo miedo" y no podría faltar nuestra canción, "Silueta de cristal".

Y por si no fuera suficiente, cada tren que venía del futuro venia vacío de esperanzas, sin ella, que me había prometido regresar en esos días para charlar y tener un buen fin: seguir o cerrar el círculo. Pero eso ya era mucho pedir.

\* \* \*

*Enero 1992, Camacho, Zacatecas*

Mi padre vivía en su rancho, muy cerca de la cadena montañosa de la Sierra Madre Oriental, al pie de una imponente montaña de más de 3,800 msnm. Su nombre: Pico de Teyra.

Los lugareños contaban historias de tesoros encantados que yacían en el interior de sus rocas. Su cara occidental es la que más se podía distinguir desde cientos de kilómetros hacia el oeste, todo parecía pequeño alrededor de su presencia; el lado oriental, no menos intimidante, se veía exactamente igual pero al revés, como quien voltea una hoja de papel. Yo le llamo, "El lado oscuro del Teyra", ahí, con todas las rocas, cañones y fieras que albergaba.

Me fui a refugiar durante dos meses para perderme de todo contacto con la sociedad. Pasábamos mi padre y yo los días a caballo por toda la sierra buscando becerros recién nacidos para llevarlos a los corrales y herrarlos, procedimiento con el cual nunca estuve de acuerdo. Consiste, hasta el día de hoy, en marcarlos con un hierro al rojo vivo con las iniciales del dueño, en este caso el dueño del rancho era mi padre. Las tareas eran pesadas: picar pastura, piscar el maíz, llevar los animales al agua, luego llevarlos al monte, sacar agua del pozo para llenar los abrevaderos, esperar todo el día los cientos y cientos de yeguas que llegaban a beber agua y que no les faltara, clasificar los cabritos nuevos por número y color, trasquilar a las ovejas, o sea quitarles la lana para después venderla, amansar potros salvajes que luego se usaban como medio de transporte, ir al pueblo por los víveres para la semana, en fin, el día estaba demasiado ajetreado como para pensar en ella.

Mi padre, un hombre rudo y leyenda viviente en aquellas tierras, cargaba su pistola a la cintura como todo buen pistolero, a caballo, su sombrero y botines, la cuarta a la mano, su mirada dura y facciones temerarias, era casi imposible que alguien se le acercara con malas intenciones. Una tarde en la labor, después del corte de frijol, me retó a dispararle a una aguililla que estaba posada en las ramas de un Mesquite.

—Si le das te pago unas cervezas esta misma noche, hijo. Pero que sea con el rifle 22 y a un tiro.

—Me parece bien 'apá, y mejor ya vaya pidiendo esas cervezas porque va a perder.

Tomé el rifle y me apoyé en el espejo de la camioneta. Por más que me esmeré en apuntarle bien, le disparé cinco tiros y no le di, y de hecho no quería darle, un ave tan majestuosa no merece morir así.

—A qué mijo, a mí se me hace que no le das al mundo con una guitarra. Presta pa' acá.

Se apuntó bien, le disparó tres veces y tampoco le dio. Y el aguililla seguía ahí, sin darse cuenta que estaba en peligro.

Algunas personas decían que mi padre siempre había sido un hombre de gran corazón, valiente pero piadoso, de carácter fuerte pero muy solidario, que apreciaba la vida aunque alguna vez tuvo que defender a su familia y eso lo llevó a cometer el gran error de su vida que le costó muchos años de cárcel. En el fondo, yo creo que él tampoco quería matar a esa águila, él no fallaba con su pistola .357 Magnum, mucho menos con un rifle 22K.

—Nunca había fallado, hijo, a mí se me hace que ya necesito lentes. Bueno, dame la pistola, mínimo le voy a quebrar la rama donde está parada.

Tomó la pistola, de un solo movimiento levantó la mano y disparó. La ramita donde estaba el ave descansando se dobló y el águila se fue.

Esa noche, después de cenar y de un día muy pesado como casi todos, estábamos a la mesa platicando y disfrutando de un buen café y tortillas calentadas a las brasas. La pequeña cocina se iluminaba con una pequeña lámpara de bombilla con petróleo en su base y una mecha de tela encendida.

—Mira, hijo, te gané la apuesta, cabrón —llevándose la mano atrás de la cintura sacó su pistola Python .357 Magnum Colt—. Pero quiero decirte que esta arma es tuya, te pertenece porque eres mi hijo mayor, y porque eres el único que me busca. Es tuya, pero préstamela unos años, o tal vez unos meses, ya sabes que tengo mis "pendientes". Cuando me cargue la chingada vienes con esta vieja —su señora esposa doña Maurilia Rivas—, que te la entregue. Sólo te voy a poner algunas condiciones —me miró fijamente por algunos segundos y terminando su café en aquel jarrito de barro, agrego—: Siempre que vengas aquí a estas tierras debes de cargarla, aunque vayas a la tienda, al corral, al monte a cagar, al pueblo, es una seguridad tuya que debes de cargarla contigo al menos aquí, en esta región de todos estos pueblos.

"Algunas personas te buscan a ti, que eres mi hijo, sólo para tomar venganza del pasado. No debes de sacarla para amenazar a nadie, no la saques para disparar si estas borracho y andas fantocheando. Nadie debe de saber que tú la traes contigo, pero sobre todo, hijo, no hagas caso de los dichos de los ranchos que dicen, 'si la sacas tienes que usarla', eso no es cierto, hijo. Si la sacas, antes de usarla piénsalo dos veces. La cárcel es dura, yo sé por qué te lo digo."

El tiempo se me acabó, tenía que regresar a mi realidad, enfrentar un mundo sin ella y sin la posibilidad de volver a verla. Al menos no a corto plazo.

De regreso al pueblo me encontré con dos grandes amigos de escuela. Yo tenía que irme a Monterrey a reunirme con mi madre y hermanos después de casi tres años de ausencia. Luis Méndez, alias El Bichi, y Rodrigo me acompañaron; yo porque tenía que regresar con la familia, ellos porque querían ir a trabajar y salir del pueblo por un tiempo.

Llegando a la ciudad inmediatamente encontramos empleo los tres en el mismo lugar. Ellos sabían toda mi historia y casi estoy seguro que se fueron conmigo no tanto por interés de trabajar, sino porque querían acompañarme en mi viacrucis y estar al pendiente de mis tristezas, no dejarme solo. La soledad es mala consejera y más si está acompañada del desamor.

Las canciones de los grupos locales sonaban en la radio, en aquel tiempo la moda musical eran Los Temerarios, Bronco, Pegasso, Los Mier, Samurái, Brindis, Los Acosta, Yonics, y seguramente, no podían faltar, Los Bukis, entre otros tantos que también merecen mención. Todas las rolas de estos y otros grupos le dieron un marco especial a mi historia. Los tres amigos, cada fin de semana después del trabajo, solíamos tomar algunas copas, escuchar música, la amistad entre nosotros se parecía más a una conexión de hermanos. Trabajábamos en la misma empresa, teníamos los mismos horarios y la atención de los dos para conmigo era muy similar a la vigilancia de un doctor con su paciente enfermo.

No todo era gris, la presencia de mis dos amigos, de mis hermanas y hermanos, hacía que todo fuera más llevadero, y así aprendí a vivir sin ella.

\*\*\*

*Marzo 1992, Monterrey, Nuevo León*

El ambiente en la empresa empezó a ponerse muy tenso por algunos personajes que prefiero no mencionar. Estos tipos se creían los jefes de todo el batallón y repartían órdenes a diestra y siniestra, cosa que, para mi carácter, no fue muy compatible, así que en corto tiempo les aventé por los pies y de forma muy violenta las herramientas y me salí del lugar con la firme intención de no regresar. El destino me tenía guardado otro camino.

El lugar parecía agradable, había un campo de fútbol, salía y entraba gente joven, no estaba tan lejos de casa, así que pensé, *¿por qué no?, entremos a ver qué sucede.* La empresa estaba ocupando operarios, mecánicos, materialistas, *yo, bueno, creo que yo sin escuela ni carrera encajo en el puesto de materialista, aquí no hay vacas que cuidar, si acaso alguno que otro buey.* Llené la solicitud y para el siguiente día me llamaron, ya tenía empleo, algo en qué ocupar mi mente. Aun así, su imagen, su voz, su sonrisa llenaban cada espacio de mi vida, su esencia viajaba conmigo, a mi lado.

La capacitación para entrar a trabajar en esa empresa era obligatoria, tres semanas aprendiendo a manejar las maquinas, reglas, directrices y políticas de calidad. Así conocí en mi grupo a una joven muy bonita, Ruth. Así es su nombre, pelo corto en hongo, sus facciones muy finas, ojos coquetos y de mediana estatura, de cuerpo esbelto y, además, disponible. *¿Acaso yo estoy disponible?* Con su imaginaria imagen a mi lado, *¿cómo hablarle de amores a alguien más si todavía andas conmigo? ¿Cómo siquiera darme el espacio para sentarme al lado de alguna chica si en ese lugar estás tú, sentada y viéndome con ojos de, "no lo hagas"?*

Traté de pensar que no estabas ahí, y de hecho no estabas e intenté seguir con mi vida y Ruth era la única que estaba ahí conmigo, sonriéndome como diciendo, "sí, ven, anda, dime algo, que yo te diré que sí".

—¿Quieres ser mi novia? Perdón por ser tan directo, pero como ya hemos convivido algunas semanas pensé que tal vez... tú y yo... no sé.

—Sí, sí quiero ser tu novia, pero sólo si tú estás seguro de esto.

*¿Yo, seguro de esto?* Ni siquiera estaba seguro en ese momento de lo que estaba diciendo, lo último que quería era hacerle daño a alguna chica, obviamente ella no sabía por lo que yo estaba pasando y yo no tuve el valor de decírselo. Éramos muy jóvenes.

Los días siguieron su curso y Ruth y yo ya éramos novios, algo que no me entusiasmaba del todo, pero que al menos, en medio de mi egoísmo, no estaba tan solo. El día que nos tocó entrar a la planta para que nos asignaran a cada uno de nosotros como nuevos integrantes de la compañía, nos separaron, nos enviaron a diferentes áreas donde se requería personal nuevo, a mí me llevaron al área de corte, un área llena de maquinaria, limpios los pasillos, gente joven trabajando, había cientos de ellos y ellas, y así entre tantos trabajadores y operarias la vi y sentí esa conexión extraña que se da cuando alguien será importante en tu vida. Ella era mi futura esposa, pero esa, esa es otra historia.

Las tardes se veían impresionantes y nostálgicas a través de una de las muchas ventanas que daban hacia el oeste de la ciudad donde se escondía el sol detrás de una montaña enorme cuya sombra se tragaba los últimos rayos vestidos de un tono rojizo, amarillo y anaranjado intenso, y con ellos se iban mis emociones y mi anhelo de volver a verla. Me preguntaba, *¿qué estará haciendo ella ahora mismo?*

Mi historia con Ruth termino muy rápido y no porque hubiera conocido a mi futura esposa. Entre ella y yo todavía no se generaba la primera mirada de coqueteo. En cambio, la mirada de Andrea se clavaba todos los días en cada pensamiento, en cada oración, todas las tardes acudía a mi cita con la montaña y el atardecer, pues imaginaba que en algún lugar de Tijuana ella estaría pensando en mí y viendo el mismo atardecer con los mismos colores pero diferente sentir.

*Diciembre 1992, Torreón, Coahuila*

Bajé del autobús en la central para dirigirme a la estación del ferrocarril, checar la hora de salida del tren, comprar el boleto y esperar. Normalmente había dos salidas diarias hacia el sur, uno salía a las 9 am de Torreón y llegaba al pueblo a las 11:30, el otro salía a las 9:30 pm y llegaba a las 12:30 de la medianoche.

Cerca de la estación vivían Gerardo y Cheli, así que fui a buscarlos para saber qué día ellos se irían al pueblo. De la estación había que caminar unas ocho cuadras calle abajo.

—Hola, hola, ¿cómo están todos por aquí?

—Holaaa… cabrón, ¿cómo estás? ¿Por qué no avisaste que venías?

—Disculpa, Cheli, tú sabes que yo sólo me arranco.

—Ya sé, méndigo. Ven, pásale, ¿ya comiste? ¿Te hago algo?

—No, Cheli, no te preocupes. Oye… ¿y Gera? ¿Dónde está?

—Anda trabajando, todavía no llega.

—¿Y la niña? ¿Y Freddy?

—Aquí andan. ¡Niños, vengan a saludar a su tío! Ven, pásale a la cocina, siéntate, ¿quieres algo?, ¿un jugo?, ¿agua?

—No, no, estoy bien. Hola, Freddy. Ven, hijo, ¿te acuerdas de mí? Soy tu tío. Ven, oye, ¿y tú papi?

—¿Vas para Camacho, verdad? —Cheli me pregunta.

—Sí, ¿y ustedes cuándo se van?

—Pues dijo Gerardo que mañana nos vamos en el ocho[1]. ¿Y tú cuándo te vas a ir?

—Pues seguramente me voy con ustedes. Hoy quiero descansar.

—Ándale, sí, qué bueno, aquí te quedas hoy a dormir y mañana nos vamos todos juntos.

—Me parece buena idea. Para no irme solo.

—Oye, ¿ya sabes que Andrea se va a casar?

Silencio total.

—¿Qué dijiste? ¿Andrea se va a casar?

---

[1] Número asignado al tren que iba hacia el sur.

—Ay, perdón, ya le regué. Es que a mí también me tomaron por sorpresa. Discúlpame. De verdad, perdón, disculpa.

—¿Estás hablando en serio? ¿Se va a casar?

—Sí, o tal vez ya se casó. Es que no me dieron fechas exactas, sólo son rumores, igual y ni es cierto.

Algo muy pesado se derrumbó en mi interior, la esperanza de volver a verla se esfumó, una aguda punzada en mi corazón me paralizó y no podía reaccionar, sólo recuero haber murmurado:

—Mmmm, bueno, le dices a Gera que allá los espero.

—Espera, no te vayas. ¿Cómo te vas a ir así? Espera a Gerardo y platicas con él, no te vayas así.

—Los espero en Camacho.

Tomé mi maleta y regresé a la estación dispuesto a abordar el tren de la noche para irme, sólo quería irme. Me encaminé hacia la estación del tren que quedaba a unas cuantas cuadras de ahí, en medio de la ya casi medianoche. Las luces de las calles levemente alumbraban mis pesados pasos, mi pensamiento regresó a Tijuana, a aquella tarde de agosto frente al mar.

*Luego seguí caminando sin rumbo, a la par del viento que soplaba tu nombre, que llamaba caminos sin vida.*

*Monterrey, 1993*

Podría ser Ciudad Juárez, Tijuana, Torreón, Zacatecas o cualquier otro lugar, ella estaba ahí, pero no su presencia, no su voz o su imagen, ella viajaba conmigo a todas partes, no había lugar o canción, calle o carretera en la cual ella no estuviera presente. Tantas veces en mis sueños, tantas veces en el camino de regreso a casa, otras veces en los juegos infantiles de esos niños que seguramente todavía nos están esperando, especialmente mi Willy Wi.

La esperé en todos los trenes, incluso en otras vías, en otras historias, la busqué en la mirada de aquellos niños que jugaron con nosotros; le escribí pinturas y le pinté canciones; le lloré en las calles, le grité a las nubes. Cada vez que yo regresaba al pueblo, tenía la esperanza de verla bajarse del tren. Teníamos algo pendiente, no se había cerrado el último eslabón. Así pasaron 1993, 94, 95, 96.

*...así pasen los días, los años, las golondrinas siempre regresarán a recoger las migas que dejaron en el camino.*

\*\*\*

Eran los últimos días del año y también los últimos días que yo estaba dispuesto a mantener la esperanza de verla y hablar con ella. El torneo de futbolito navideño estaba en su apogeo al otro lado de las vías, se escuchaban las porras de la gente, el silbato del árbitro y los gritos de los jugadores.

Gerardo estaba conmigo ese día. El tren de las 11:30 silbó, y poco a poco se fue deteniendo justamente entre el campo de juego y el centro del pueblito. Se detuvo y dejó su carga que venía del futuro y se dirigía hacia el pasado. Yo pensaba, *ojalá que pudiera tomar ese tren al pasado y hacer las cosas diferente o al menos para aferrarme a ella y que no se subiera al mismo tren que se la llevo hacía tantos años atrás.* Cuando el último vagón pasó por las vías y nuestras miradas se encontraron... por Dios... fue como una descarga eléctrica, ella estaba ahí, había regresado ahora que ya casi no la esperaba.

Alrededor de ella había más gente que también había bajado del tren, sus familiares a su lado con las maletas en la mano. El zumbido en mi cabeza regresó, pero esta vez me mantuve de pie, estaba en trance silencioso, no escuchaba ningún ruido exterior, su mirada en la mía fijamente, sorprendida y yo igual, a mi alrededor los colores parecieron desvanecerse y en su lugar un gris claro inundó el ambiente. Sólo estábamos ella y yo, mirándonos sin decir palabra, y a pesar de que entre nosotros había fácilmente unos treinta metros, su cercanía, su calidez y hasta su aliento estaban muy tangibles, un cúmulo de emociones indescriptibles se adueñaron de mi ser: amor, ternura, enojo, tristeza, alegría, recuerdos, dolor, ganas de llorar y al mismo tiempo la incertidumbre de no saber qué hacer, qué decir, *¿corro a abrazarla?, ¿le reclamo?, ¿la ignoro?* Lo más sensato era lo último, *por el momento es más razonable ignorarla, no puedo ir corriendo a su encuentro y dar por hecho* *que nada ha pasado*, además en sus brazos traía a un bultito que parecía un bebé, y un hombre caminaba a su lado. Con toda certeza, su esposo. Me acordé de una frase del poeta y compositor Facundo Cabral, "Ahí va la mujer que yo amo, con el hombre que ella ama".

No era el tiempo de decir ni hacer nada. Muy a mi pesar y también para mi fortuna, este pueblo también era su pueblo y, por ende, el de su familia.

Las fiestas decembrinas serían mis cómplices, la gente hace mucho ruido, se confunden esperanza y razón, tristeza con nostalgia, los sonidos de un pueblo con su idiosincrasia. Con sólo escuchar la lluvia caer se sabía de qué dirección venia el viento, con sólo escuchar alguna canción se sabía de qué lado late más fuerte el corazón cuando se recuerda a alguien amado. Las calles del pueblo con su presencia se antojaban diferentes, era más la música, los jóvenes jugadores del torneo navideño de fútbol se paseaban por la plaza como campeones prematuros, el romance estaba a la vuelta de la esquina, los bailes por las noches se encargaban de entretejer marañas de amores que seguramente en otros tiempos y en otros pueblos jamás sucederían porque resultaba ser que en nuestro pueblito mágicamente se agruparon ideas y sentimientos que hacían de aquel lugar algo mágico. La gente a la que le tocó ser del mismo pueblo y tiempo coincidimos en nuestra forma de ser y de pensar. La música romántica se escuchaba y se entendía como un parte implícita que debía de estar ahí, en su lugar; los enamorados se veían a hurtadillas, como presuntos delincuentes se enviaban cartas y mensajes en papel o de amigo a amigo. Su presencia en el pueblo estaba por demás obvia y la gente ya sabía a quién le afectaba para bien y para mal su llegada, y cada personaje celebre del pueblo tomaba su lugar en el asunto.

Platicaba un grupo de señoras en el pórtico de la iglesia.

—¿Ya viste quién llegó en el tren?

—Por Dios, ahí viene Andrea, hay que avisarle a él —la señora López en su tienda de la esquina.

—Ya valió, está llegando la chica del andén, y aquél seguramente no lo sabe —los amigos más cercanos que se quedaron de guardianes en el pueblo y de la estación.

La viejita de ochenta años que alguna vez llegó en el tren y jamás se pudo ir de vuelta a su tierra:

—Vaya, por fin, ya era hora de que esta muchacha regresara.

Aquella señora de nombre doña Simonita que nos vio más de una vez en las madrugadas en aquella banqueta regresando del molino, murmuraba para sus adentros:

—Regresó más de veinte veces las mismas dos canciones, yo lo tuve que recoger de ahí, de su banqueta casi a las cinco de la mañana con ayuda de mi Toño, el muchacho estaba deshecho, sólo decía una y otra vez que ella tenía que regresar, que en el tren del norte tenía que regresar, pero ella no regresó en muchos años. Si ella supiera que este muchacho se quedó toda una tarde y toda una noche llorando en el marco de su puerta su ausencia no se hubiera ido, yo lo vi llorar. Hoy que le llegó la noticia a mi Toño, enfermo ya en la cama, me dijo, "¿A poco sí regresó? Ayúdame a levantarme, Mona, quiero verlo con mis propios ojos. Llévame afuera".

Los que estaban más familiarizados con la historia decían:

—Hay que estar al pendiente. Ella se fue, él la espero; ella llega casada después de varios años, ¿qué va a pasar?

—Gerardo, yo sé que está un poco difícil, pero tienes que ayudarme a hablar con ella. Dime, ¿cómo le podemos hacer?

—La verdad no sé, se me ocurre que en cuanto el esposo esté emocionado con el fútbol yo le digo algo y así se pueden ver.

—Yo no sé cómo le vayas a hacer, pero yo necesito hablar con ella.

—Ok, deja veo la forme de hacerlo y te aviso. Pero debes de estar muy listo, para cuando yo te haga una seña te vas para la casa, ¿ok?

—Sí, maldita sea… claro que sí.

Pero, ¿y qué le iba yo a decir?, ¿qué le iba yo a preguntar si todo estaba tan claro? Mil veces me imaginé esa situación y me formulé mil historias, le reclamé, me enojé, lloramos los dos, cantamos, reímos, contamos las aves de la torre y pudimos comprender que estar separados físicamente no sería suficiente para olvidarnos.

Gerardo se las arregló para que ella y yo tuviéramos un furtivo encuentro de algunos minutos en su casa y así pudiéramos hablar lo que se pudiera hablar en ese corto tiempo. Los nervios me consumían, la pequeña cocina del lugar parecía un estadio, no daba yo crédito a que estaba a punto de volver a verla frente a mí, y que tenía la oportunidad, quizás la única, de preguntarle tantas cosas, pero al escuchar que la puerta se abría, olvidé todas las preguntas apuntadas en mi memoria.

—Hola.

Se hizo un largo silencio, su mirada y la mía ya se estaban buscando pero, por miedo, no me atrevía a verla a los ojos, pensaba que de haberlo hecho estallaría en llanto. Traía a su bebe en brazos, se veía tan hermosa…

—Hola, ¿cómo estás?

—Gracias por venir. Sólo quería decirte que me da gusto verte y saber que estás bien.

—Sí, estoy bien. Perdón por todo lo que pasó, me siento mal por eso.

—No eres culpable de nada. Ven, siéntate. Oye, qué hermoso bebé. De verdad.

Un silencio sepulcral se hizo en el momento.

No, no recuerdo detalles, han pasado tantos años... ella estaba ahí, frente a mí, después de tanto tiempo, le podía reprochar, preguntar cosas, enojarme con ella, abrazarla y darle gracias por haber regresado, pero no me salían las palabras de la boca, no tenía idea de qué decirle. Ella al fin rompió el silencio:

—¿Y viniste tú solo?

—Sí, vine solo. Siempre vengo solo.

—¿Y tu esposa?

—¿Mi esposa? ¿Cuál esposa?

—Tu esposa, tu esposa, Nini —me mira fijamente—, ¿no vino contigo?

—¿Mi esposa Nini? Yo no tengo ninguna esposa Nini, yo nunca me he casado. ¿Quién te dijo eso?

Se llevó una mano a la cara.

—Nooooo, no me digas eso, por favor, no me digas eso, ¡me dijeron que estabas casado!

—¿Quién te lo dijo? Andrea, no es cierto, yo no me casé, yo siempre regresé para esperarte como me lo prometiste.

—Por Dios. A mí me dijeron que estabas casado, por eso me casé, por eso me dejé llevar. Me dolió mucho la noticia cuando supe que te estabas casando con otra y en poco tiempo decidí que yo también podía casarme y hacer mi vida con alguien, al fin de cuentas tú ya no eras para mí. Por favor, dime que es mentira, dime que no es verdad que estás casado.

—¿Cómo es posible? ¿Te casaste sólo porque creías que yo me había casado?

—Sí, lo siento. Perdóname. Me aseguraron que tú estabas casado, que yo hiciera mi vida, perdón, perdón, por favor perdóname…

—Te engañaron, te mintieron y no sé porque. ¿Cómo es posible que hayas creído semejante mentira? Yo te estuve esperanto tanto tiempo, lo que a mí me pareció mucho tiempo, te esperé en cada tren que llegaba, en la mañana y en la noche, te espere en los meses que incluso yo sabía de antemano que no llegarías, pero la esperanza siempre estuvo ahí, creo que todavía no se va, ¿y tú vienes y me preguntas por una esposa que no existe?, yo te veo bajar del tren con un esposo que sí es de verdad y con un bebé en tus brazos, ¡con un bebe en tus brazos! que desmorona toda esperanza. ¿Por qué? Dime, Andrea, ¿por qué pasé esto así? Me prometiste que regresarías al pueblo pero nunca me dijiste que volverías siendo de otro.

Se limpió algunas lágrimas y se despidió de mí en ese momento, no sin antes escuchar la voz cruel del destino: la vida había cobrado su factura.

Estar en el mismo lugar que ella y su esposo no estaba planeado, no era algo de mi entera satisfacción. Si me quedaba ahí, seguramente la vería todos los días en el torneo de fútbol, en alguna fiesta de la mano de él, en alguna tienda nos toparíamos sin poder evitarlo, tenía que alejarme un poco, unos días, para saborear mi dolor yo solo, sin testigos ni preguntones. Podía ir al rancho con el pretexto de revisar el ganado, pero yo sabía que sólo tenía que manejar una hora para volver a verla aunque fuera de lejos, eso me tenía inquieto. *¿Y si voy a buscarla?, ¿y si se la quitó al esposo?, al fin y al cabo ella se casó con él por una mentira*, pensaba yo.

En la familia siempre hubo algunas tierras y ranchos que cuidar. Teníamos unas tierras en las faldas de la sierra con una vista maravillosa hacia el oeste, en el mimbre ejido de Hidalgo, Mazapil, Zacatecas, teníamos algunas vacas que cada seis meses había que vacunar y herrar. Aunque teníamos algún vaquero que se encargaba de las tareas de los corrales, siempre hacía falta ir a revisar becerros nuevos, reparar las cercas, ir al monte a cortar nopal o a buscar algún ganado perdido. En San Rafael teníamos tres corrales llenos de becerros de engorda para exportación, así que estar en Camacho era una opción que podía tomar o dejar. Yo tenía mucho trabajo en los corrales, y qué bueno, porque en esos días yo necesitaba aislarme de todo y tratar de no estar cerca de ella, pero eso iba a estar muy difícil.

Después de un largo día de trabajo en los corrales y en el monte con las vacas, llegué yo al rancho a descansar un poco cuando se escuchan los comentarios entusiasmados de la gente de aquellas casitas:

—¡Vámonos a la fiesta del pueblo! —gritaba la gente entusiasmada—. ¡Vámonos a Camacho, va a haber un baile con los Luna!

Pensé yo, ¿con los Luna? ¿y por qué no? El baile será en casa de su familia, así que al menos puedo verla algunos momentos, después del trabajo en los corrales, cansado, casi el sol cayendo en el horizonte.

—Madrecita, prepárese, vamos a comer que en un rato nos vamos a Camacho a una fiesta.

—Pero si tu dijiste que no irías en lo que resta de las fiestas de fin de año, que no querías verla, ¿qué pasó?

—Ándele, viejita, comemos, nos bañamos y nos vamos. Lo que dije fue en un rato de tristeza, vamos a divertirnos.

—Ese es mi hijo, caray. No quiero verte triste, vamos a echarle ganas.

\*\*\*

La fiesta estaba en pleno apogeo, serían alrededor de las diez de la noche. Me acompañaba mi madre y una buena amiga, Nohemí. Nos estacionamos a un lado de donde la gente estaba bailando, había mucha gente sentada, algunas personas todavía en las mesas terminando de cenar. En esos pueblos se acostumbra hacer las fiestas al aire libre, así que la gente entraba y salía. A la distancia alcancé a mirar una silueta inconfundible para mí, sí, era ella, ahí estaba sentada y su mamá y hermanas a un lado de ella cual escoltas impenetrables, pero no eran obstáculos para mí.

—Cómo ve, madre, ¿voy a invitarla a bailar?

Mi madre, cuya fama la perseguía de ser una mujer valiente y decidida que en algún tiempo se enfrentó a balazos con el ejército y con los federales, no me iba a detener, al contrario.

—Hijo, si vas a ir a invitarla a bailar, date cuenta que ahí está el esposo a un lado, podría molestarse y decirte algo. Pero si no te puedo detener, ve y ten cuidado, ¿llevas la pistola cargada?

Bajé de la camioneta decidido, me encaminé hacia ella, la gente seguía bailando, alrededor había otras personas viendo, tomando cerveza o simplemente platicando. Me acerqué a ella, su esposo estaba justo detrás de la silla donde ella estaba sentada; a un lado su mamá, al otro lado su hermana Caro, su hermana Cuquis, entre otros familiares, pero a mí no me importó, ni siquiera voltee a ver a su esposo que ya de reojo seguía mis pasos. Le extendí la mano casi con lágrimas en los ojos.

—¿Bailamos… señora Andrea?

Ella se levanta de su silla, algo nerviosa, pero evidentemente complacida y contenta, y sin voltear a ver a su marido que me fulmina con la mirada detrás de ella, me dice:

—Sí, sí bailo contigo.

Sus hermanas y familiares observaron el atrevimiento y me vieron con cierto asombro e incredulidad, pero no se atrevieron a decir nada. La música bajaba del cielo, si el zumbido en mi cabeza regresó, no me di cuenta. La estreché entre mis brazos: la calidez de su cuerpo, volví a sentirlo como años antes, su corazón muy cerca de mi pecho latía con fuerza, igual que el mío.

Seguimos el ritmo de la música sin decirnos nada, el mundo era ajeno a nosotros en ese momento. Tal vez la gente nos veía con preocupación de lo que podía suceder dado que ella era una mujer casada y que además el esposo estaba presente y la vio irse conmigo. Pasaron dos canciones. Juanito Martínez en la batería, que ya sabía en complot conmigo y con una mirada de reojo, de complicidad, pidió nuestra canción preferida, la cual en muchos bailes me sirvió de fondo musical para mis conquistas, "Ojos españoles". Para nosotros el tiempo se detuvo, no existía nada más y afortunadamente el molesto mar estaba demasiado lejos para hacerme alguna de sus sarcásticas frases. Cuando su familia se dio cuenta que ni ella ni yo teníamos la intención de parar, se acerca Caro.

—Ya, ya... Nato, ya, ya, por favor, ya suelten, ya dejen de bailar. Andrea, tu esposo te está viendo, algo puede pasar. Ya, mija, ya, por favor. Nato ya, deja me llevo a mi hermana, ¡por favor, esto es una locura!

—No, no te la vas a llevar, yo mismo la llevaré a de donde la invité a bailar.

De regreso a la silla donde ella estaba sentada y su esposo de pie, sólo atiné a decir algo casi inconsciente, y con agua en los ojos.

—Gracias, señora.

Subí a la camioneta, algunas lágrimas se me escaparon, no sé si de rabia, de felicidad o tristeza, tal vez todo junto.

—Madre, vámonos de aquí.

—Vámonos hijo.

Las pasiones de juventud rebasan toda razón, no se mide el peligro, o no se quiere medir, se actúa en orden de los sentimientos y los sentimientos no saben de ninguna razón.

Todavía el día siguiente, por la noche, Gerardo y yo, mi compañero de muchas aventuras, nos dimos el lujo y nos embolsamos otro momento de inmadurez, un impulso inútil y estúpido, nos atrevimos, o en este caso me atreví, a llevarle serenata al puro estilo de rancho: música ranchera a todo volumen frente a su casa. En otras circunstancias y varios años antes hubiera sido aceptable y hasta romántico, pero resultaba que el esposo estaba adentro de la casa escuchando las canciones dedicadas a su esposa.

¿Por qué no salió a reclamarme?

Los días del torneo y del mes de diciembre estaban terminando, la gente regresaría a sus lugares de trabajo, ella y su esposo se irían del pueblo, todo volvería a la normalidad y a esperar el siguiente diciembre para volver. Pero ahora ya resignado a que si ella volvía sería de la mano de su esposo.

Todavía algunos diciembres nos volvimos a encontrar en el pueblo, pero sólo nos saludábamos a escondidas. La veía de lejos, ella con su grupito de amigas, echando porras en el torneo de fútbol; yo a la distancia, mirándola y amándola. En ocasiones nos topamos en los bailes y me volví a atrever a invitarla a bailar y ella aceptaba, yo sabía que ella también quería estar conmigo, pero no era correcto, ella seguía casada y a la gente del pueblo, a pesar de que sabían toda la historia, no podía darles motivos para que se inventaran otra historia más osada. Así, con el paso del tiempo, dejé que las cosas siguieran su cauce como el río que fluye natural, buscando su salida al mar.

\*\*\*

Mi impulso desde joven fue crear arte. Gera y yo nos subíamos a los carros de tren de carga que llegaban vacíos y dejaban por días sobre las vías que dividían el pueblo justamente en el centro. Nos procurábamos pequeñas piedrecitas de un metal suave que lo camiones mineros dejaban en las vías después de cada cargamento que se embarcaba hacia el norte. Con aquellos pedacitos de piedra que más bien parecían de talco, algo así como tiza, dibujábamos adentro de aquellos vagones caras de indios nativos americanos, águilas, flechas y arcos, lo que se quería parecer a figuras de caballos, obviamente puros trazos desproporcionados, pero esa era nuestra manera de expresar nuestro lado artístico.

Ya siendo un joven de veintidós años, en la ciudad de Monterrey, me inscribí en una escuela de arte donde inicié mi aventura en la pintura artística y empecé a vender mis obras con las amistades cercanas y familiares. Mi pasión por la pintura me hacía querer aprender todos los estilos, mi carácter extrovertido y la desesperación por entender el arte clásico de los grandes pintores me llevarían por otros caminos. Duré poco más de un año en la escuela Makrel de Monterrey. Un día la maestra y directora, María De Jesús Martínez, me llamó a su oficina.

—Te mandé llamar porque quiero decirte algo muy importante.

—Sí, maestra, dígame.

—Ya has pintado algunas obras muy bonitas aquí en nuestra escuela, eres el alumno más avanzado que hemos tenido en mucho tiempo, tu pasión por el arte va más allá de nuestras posibilidades, ya no podemos enseñarte más, incluso superaste a algunos maestros y maestras.

"El toque que tienes con el pincel es magistral, no quiero decir con esto de que seas ya un gran pintor, todavía tienes mucho que aprender, pero lamento decirte que aquí, en esta escuela, incluso en todo Monterrey, no encontrarás maestro alguno que se acerque siquiera a lo que tú quieres alcanzar. Me atrevo a decir que en todo México. Al menos que yo sepa, no hay maestros de estilo clásico, lo que te puedo recomendar es que, si quieres seguir estudiando, vayas a Querétaro o la Ciudad de México, pero no te garantizo que encuentres algo rápido.

"Lo siento, no te estoy dando de baja, tú puedes permanecer en la escuela, pero sería pagar por las mismas clases, no creo que te convenga. Busca, ve y busca eso que quieres aprender. Ve a España, Italia, Francia, o incluso los Estados Unidos, seguramente encontrarás tu camino como pintor."

—Gracias por sus palabras, maestra. Sí, creo que estoy estancado, lo voy a pensar, pero, ¿España, Francia? Imposible.

—Que Dios te bendiga, muchacho. Y no dejes de pintar, es lo tuyo.

# Segunda parte

Mi trabajo diario en la empresa arnesera era supervisar al equipo de técnicos que estaban a mi cargo, cuya tarea principal era reducir en lo posible el tiempo de paro por mantenimiento de todas las maquinas que se usaban para la manufactura del arnés. Ocho años haciendo el mismo trabajo. Ya me resultaba un tanto rutinario y aburrido a pesar del buen ambiente que ahí se respiraba. Gracias a este empleo, que desempeñé siempre con responsabilidad y que de hecho disfruté, conocí a grandes amigos y por supuesto algunas amigas, amistades que hasta la fecha todavía conservo.

Cómo olvidar a mi gran amigo Alfredo Pargas, al Tony, Lalín, Felipe, "El Colombias", Rodolfo, "El Choco", Luis Lozano, Juanillo, mi hermano Miguel Lalas, Homero, "El Rober", Carlitos, El Ing. Galván, Félix Saldaña, y otros tantos que también me regalaron su tiempo y su amistad. Tiempos inolvidables, parrandas de cada fin de semana. Aun con eso, mi tiempo en la planta había terminado.

Un día decidí partir hacia el norte sin avisarle a nadie. Tenía otros sueños, quería conocer otros mundos y seguir en mi búsqueda de perfeccionar mi arte. Mi viaje hacia Estados Unidos se dio en circunstancias muy repentinas y tomando el lugar de otra persona; aproveché la oportunidad y me decidí. Me fui lejos de todo lo que yo conocía. Mi aventura en otro país apenas empezaba.

*13 de noviembre 2002, Denver, Colorado*

—Nato, Nato, ándale que alguien te llama.

Estábamos trabajando en el taller Pect Metal, donde ya teníamos dos años construyendo las bases y columnas para el nuevo estadio INVESCO FIELD STADIUM de los Broncos.

—¿Quién me llama, Fer?

—Es una sorpresa, mi Fortu, sólo ve y contesta. Tienes diez minutos.

Intrigado y preguntándome, fui rumbo a la oficina. *¿Alguien me llama? ¿Diez minutos? ¿Una sorpresa?*

—Hola, ¿quién es?

—Hola, mi amor, soy yo, Andrea. Te llamo para decirte feliz cumpleaños.

—¿Andrea? ¿Eres tú de verdad?

—Sí, sí, soy yo.

—No bromees, ¿de verdad eres tú?

—Sí, amor, soy yo. Te llamé porque apenas conseguí tu número y hoy es tu cumpleaños. Te amo. Felicidades.

—Ups, no sé qué decirte, gracias, apenas puedo creerlo. Es el mejor regalo, pero, ¿cómo hiciste para conseguir el numero?

—Hice mil llamadas. Llamé al pueblo, a Gera, a tus hermanas, a todos tus amigos, y no me lo querían dar. Yo sé que casi todos ellos lo tenían, pero sí los entiendo, después de todo lo que pasó... Sólo quería escuchar tu voz, saber que estás bien. Dime que estás bien, necesito escucharlo.

—Sí, estoy bien. Gracias. Todavía estoy un poco emocionado. Disculpa, no sé qué decirte, sólo sé que esta llamada la estaba necesitando desde hace mucho tiempo, muchos años. Tu voz no ha cambiado nada, la reconocería entre un millón. Gracias por buscarme, tú sabes que te amo.

—Yo siempre te he buscado, y... perdóname por favor, no hemos hablado bien y ahora que esta tan lejos va a pasar mucho tiempo para volver a vernos.

—Sí, tienes razón, el tiempo se hará largo, ya tengo una vida aquí, no creo que pueda volver en corto tiempo, pero quiero que sepas, y no lo olvides nunca, que siempre te llevaré conmigo a donde quiera que vaya, porque eres parte de mi vida y de mi ser.

—Y tú, aunque estés lejos de mí, te traigo en mis pensamientos todos los días de mi vida y así de esa forma me convenzo de que volveremos a vernos. Ya estaremos en contacto, yo te llamo. Cuídate mucho y no olvides nunca, por favor, que eres el amor de mi vida y que siempre, siempre te voy a amar.

—Cuídate, amor, y no dejes de llamarme de vez en cuando.

Colgué la bocina tratando con todas mis fuerzas de contener el llanto que amenazaba con salir en cualquier momento y regresé a mi área de trabajo, feliz, pero a la vez muy triste.

De regreso a la casa, esa tarde, estaba nevando y hacia un frío de esos que no te dejan caminar por el dolor en los huesos. Subí al carro y manejé camino a casa. En el cristal de las ventanas del carro, por la parte interior, se formaba una capa de hielo a pesar de que llevaba la calefacción al máximo. En el exterior marcaba el termómetro del auto una temperatura de menos dieciocho grados centígrados. Durante el trayecto empecé a recordar episodios de mi historia con Andrea, la música en el carro, la carretera recta casi hasta la casa, su voz hacía apenas unas horas antes en la bocina del teléfono todavía sonaba en mis oídos.

Involuntariamente se me rodaron las lágrimas contenidas por mucho tiempo, me cegaron momentáneamente y, con la nieve cayendo tan densamente, tuve que pararme, pues el llanto no me dejaba ver el camino y la nieve cayendo empeoraba la situación. Me orillé a medio camino y lloré yo solo, lloré todo lo que podía llorar. Después de desahogarme y recordar sus palabras, su sonrisa de niña, su mirada triste y su promesa de volver, continúe mi camino a casa.

Mi pasión por la pintura clásica me había atrapado desde muy joven y supe que tenía esa misión en mi vida: pintar. Después de hacer una prueba de talento, fui aceptado en la Classical Art Academia de Boulder Colorado.

Yo era el único hispano en la academia. Los estudiantes, todos muy talentosos, los mejores en lo que hacían, y yo formábamos parte de un grupo, tenía que estar al nivel de ellos, estaba en mi lugar, mi sueño lo tenía ahí frente a mí. Como me dijo mi maestra de Monterrey: "Busca, busca realizar y desarrollar ese talento que Dios te dio".

Me quedé en la academia cuatro años hasta que pude perfeccionar la técnica de los grandes maestros del estilo clásico. Y sigo aprendiendo.

\*\*\*

*2003, Denver, Colorado*

La vida me llevó por diferentes lugares, conocí pueblos y ciudades, amigos, compañeros de aventuras que se ajustaban perfectamente a mi *modus vivendi*, almas gemelas que venían arrastrando consigo historias similares. Quiso el destino llevarnos por los mismos senderos encrucijados y caprichosos de las coincidencias extrañas de la vida.

El Doctor Alonso González daba una conferencia en un Hotel del Centro de Denver acerca de las enfermedades crónicas y sus consecuencias, así como la manera de cuidarse usando suplementos alimenticios. A mí me pareció muy interesante la conferencia y, al terminar, esperé a que la gente que lo rodeaba para conseguir alguna entrevista se retirara para así poder acercarme a él. Nuestras primeras charlas fueron tan amenas que coincidimos casi en todos los aspectos, teníamos los mismos gustos por la música, el arte, el rancho, el ganado y algunas de nuestras metas estaban por el mismo camino, así que decidimos hacer equipo para perseguir nuestros sueños.

Fueron muchas nuestras conversaciones y viajes juntos por todo Estados Unidos. Un día nos citamos en un billar de la avenida Federal Boulevard y Alameda Av., sábado por la tarde, para tener una buena charla y platicar de nuestras metas personales. Cuando yo llegué al lugar él ya estaba sentado en una mesita detrás de una mesa de billar, el lugar estaba medio vacío, luces de neón, el piso de madera muy bien pulida y las paredes adornadas con posters de grupos de rock, y TexMex.

En la barra se veían cinco sujetos rapados de piel blanca, pero no eran gringos, tatuajes en sus brazos y muñecas, sus miradas penetrantes y algo agresivas me advirtieron que no estábamos en el lugar correcto; su vestimenta hablaba de su cultura, claramente eran chicanos renegados de los que no se sienten totalmente estadounidenses porque no lo son, pero que desprecian la cultura mexicana, no se identifican como güeros ni como mexicanos, portan la bandera de México en sus carros pero no saben el idioma y desprecian los frijoles y los tamales, visten con playeras estampadas con la bandera norteamericana, pero no respetan sus leyes, muchos de ellos ni siquiera nacieron en USA, llegaron al país de pequeños, llevados por sus padres, y jamás pudieron arreglar papeles. Cuando son deportados a México o Centro América por delitos juveniles, no saben qué hacer, se enfrentan a diversos problemas; la comunicación, desconocen el tipo de moneda, el precio de las cosas; las leyes, el sistema completo de un país al cual no pertenecen porque no crecieron en él, pero tampoco pertenecen legalmente al país donde crecieron porque sus padres no pudieron regularizar su situación; viven en un mundo que no los acepta, ese desprecio y odio lo descargan cometiendo diversos delitos o actuando en contra de su propia raza. La Ciudad de Denver no se caracteriza por ser racista, sin embargo, la creencia de la superioridad de la raza blanca tan arraigada en la cultura anglosajona todavía persiste en algunos reducidos grupos diseminados por todo el país y tristemente se da más en jóvenes descendientes de familias mexicanas nacidos en Estados Unidos que se sienten de raza más pura que los propios gringos.

—¿Qué tal Doc., ¿ya tiene rato que llegaste? —separé una silla de la mesa y me senté.

—No, Jefe, hace unos diez minutos. ¿Qué gustas tomar?

—¿Qué te parece si pedimos cerveza?

—Sí, claro, pero que sean coronas. ¿Ya te disté cuenta que este lugar es "exclusivo"?

—Sí, llegando me di cuenta, pero no creo que haya ningún problema.

—Bueno, eso esperemos. Normalmente no visito estos lugares, pero hoy quise aprovechar y salir de la rutina.

—Así es, Doc. Supongo que nos iremos en grupo para ahorrar, ayudarnos en el volante y….

—¿Y ustedes qué buscan aquí? —un tipo se acercó a nosotros, interrumpiendo nuestra charla, estaba a un lado de nuestra mesa con actitud de pocos amigos y hablando en inglés.

Voltee a verlo y le respondí en su idioma con voz firme, recargándome un poco en mi silla en un impulso natural de defensa.

—Supongo que lo mismo que tú, disfrutando de unas cervezas y relajándonos un poco, ¿algún problema?

—Sí, tú tienes un problema, este no es lugar para mexicanos. Aquí sólo entramos chicanos, así que lárguense.

—Lo siento por ti, pero nosotros nos sentimos a gusto aquí, ¿no es cierto Doc.?

—Así es, Jefe, aquí estamos muy bien.

La mirada del tipo ya estaba en su máxima expresión de odio y al ver que no nos intimidaba su agresividad, se envalentonó y se acercó más a nuestra mesa. De un salto me puse de pie, ya casi en posición de defensa, lo encaré sin bajar la mirada.

—Será mejor que se larguen de aquí si no quieren que los saquemos a patadas mis amigos y yo, malditos mexicanos.

Los cuatro tipos restantes en la barra se encaminaron amenazantes a nosotros, el Doc. se levantó de su silla y se puso a mi lado: éramos dos contra cinco, si se daba una pelea, seguramente nos iría muy mal, pero estábamos muy lejos de ceder en nuestra actitud.

—En la puerta de este bar no dice nada acerca de "malditos mexicanos", por lo tanto, la entrada es libre, si no les gusta, los que se tienen que ir son ustedes. Además... ¿sólo son cinco? Yo creí que eran más.

Se escuchó una voz fuerte detrás del grupo.

—De hecho somos tres contra cinco. Y yo soy el encargado del bar —el barman habló con autoridad—. Y si no se van ahora mismo, llamo a la policía.

—¿Te pones del lado de estos mexicanitos?

El barman levantó la voz y le gritó en la cara a los cinco rijosos.

—¡Este es un bar de entrada libre, por lo tanto, puede entrar todo el mundo, aquí no somos racistas, y yo también soy mexicanito, si ustedes no se sienten bien con eso, se pueden largar, tienen dos opciones, se largan y dejan en paz a mis clientes o se quedan y se ponen a tomar civilizadamente! Ustedes decidan...

Los cabezas rapados se tuvieron que quedar con la segunda opción y, tragándose el coraje, se retiraron a sus lugares, mirándonos de reojo, no muy convencidos. Así pudimos permanecer en nuestra mesa un buen rato. Claro que había otros lugares a los que podíamos ir, pero el encargado nos invitó a quedarnos.

—Les pido una disculpa, estos chicanos creen que son los dueños del lugar, ya me han espantado a los clientes en otras ocasiones. Por favor, acepten una ronda a cuenta de la casa.

\*\*\*

*Agosto 2005, Los Ángeles, California*

Desde Denver Colorado a Los Ángeles manejamos casi por quince horas. Nos turnábamos por horas de tres cada uno, Noel, Jorge y yo, en Las Vegas nos estaría esperando el Doc. Alonso, parte de nuestra pequeña pandilla, buscadores del éxito.

El enorme parque de diversiones de Disneylandia fue cerrado durante dos días sólo para que nuestro evento tuviera las mejores instalaciones y así garantizar el éxito de la convención. Cada uno de nosotros vendimos en subastas varias obras de pintores contemporáneos famosos y los organizadores de tal evento nos invitaron a que fuéramos al bar. Al llegar, nos encontramos con pintores, cantantes actores y demás gente celebre que no conocíamos. Estuvimos platicando en la barra, cerveza en mano, con el gran pintor Ruso, Nenad Mirkovich, el maestro del clasicismo y experto en anatomía, el pintor francés Tom Dubois. El actor, pintor y cantante mexicano Fernando Allende se acercó a nosotros para felicitarnos por las obras que vendimos, llegó un mariachi y el Sr. Fernando empezó a cantar. La velada fue una gran experiencia que nunca olvidaré.

Después de las once de la noche, los cuatro amigos nos dirigimos a Long Beach para celebrar, ya que nos quedaba más cerca de hotel donde estaríamos hospedados por los próximos tres días. A espaldas del bar donde decidimos estar unas horas, estaba la playa. La misma playa de 1991, a fin de cuentas, lo único que nos separaba de Tijuana era una barda de concreto, unas vallas en el mar y catorce años de ausencia. Frente al mar estábamos los cuatro amigos comentando el porqué de la marea baja y marea alta, para nosotros era una novedad estar ahí parados frente a esa inmensa masa de agua salada. Noel, el más ilustrado en el tema, nos explicaba:

—Verán chicos, la marea baja durante el día, se relaja, ya que la fuerza de gravedad, de la luna, es menor, y durante la noche esa marea es…

Un zumbido en mi cabeza me hizo alejarme unos metros, titubeante y tambaleándome, mis amigos estaban tan absortos en la charla de Noel que ni cuenta se dieron que el ruido en mi cabeza me obligó a quedar de rodillas en la arena frente al mar. Las palabras de Noel se alejaban, sonaban muy lejos de mí, era la segunda vez, yo ya no estaba escuchando la interesante charla de Noel, sólo escuchaba el extraño zumbido que taladraba mis oídos, las olas llegaban con la marea, las luces de la ciudad se opacaron y se tornaban lejanas, entre la brisa, el mar susurró:

*Prometí, que nos volveríamos a encontrar, una promesa cumplida debe ser, aquí me tienes, y helo tú aquí, el tiempo para ti ha sido largo, para mí sólo ha sido un momento en mi eterna historia, yo sabía que volverías, a ella la he sentido, ha dejado sus huellas en mi arena, vives en su llanto, pequeñas gotas que me pertenecen, anda, ve, búscala, te estará esperando, al igual que yo los he esperado, sólo sigue las señales, nos volveremos a encontrar, lo prometo.*

Se acerca el Doc.

—¿Qué pasa, Jefe?, ¿estás bien? Ven, levántate. ¿Algo pasó? ¿Tú viste algo, Noel? ¡Jorge! Vengan, el Jefe se sintió mal. Ayúdenme a levantarlo. Tranquilo, Jefe, todo estará bien. ¿Llamamos al 911? Aguanta, Jefe, vayamos al hotel, lo más seguro es que estés cansado. ¡Muchachos, vámonos!

\*\*\*

*Noviembre 2005, Alaska*

Al Norte de la Ciudad de Denver, a unos cuarenta kilómetros, se encuentra el pueblito de Fort Lupton, Colorado, todos los día, de lunes a viernes, manejaba esa distancia para ir a mi trabajo en la ya desaparecida fábrica de trenes turísticos, Colorado Rail Car, que se exportaban a lugares como Francia, Inglaterra, Brasil, Alaska y algunas ciudades de Estados Unidos como Florida, Chicago y Los Ángeles. Mi tarea de todos los días era soldar y ensamblar las piezas metálicas que daban forma a los vagones, se involucraban en el procesos especialistas en la madera, pintura, motores, electricistas, carpetistas y demás detalles para darle el acabado final. El resultado del trabajo en equipo era de verdad impresionante, muchos de los vagones tenían terrazas, comedor, cocina, salas, en fin, una maravilla en ruedas para ofrecer a los turistas todas las comodidades en su viaje.

La compañía de trenes Colorado Rail Car, recibió, en octubre de 2005, una queja de un cliente del estado de Alaska, la queja consistía en una fuga de humedad al interior de dos carros de pasajeros por conducto del techo principal del segundo piso, dadas las condiciones del clima prevaleciente en ese estado, era absolutamente imperioso resolver el problema de goteo de agua, so pena de una multa cuantiosa a la empresa, la cual no estaba dispuesta a dejar el problema en manos de los técnico locales. La empresa matriz estaba localizada en Fort Lupton y desde ahí se formó una cuadrilla de reparación que debía volar hasta Anchorage y de ahí llegar al norte de la ciudad en una pequeña comunidad turística, se mencionaba el nombre de White Pass como lugar para reparar los dos vagones que tenían el problema de filtración de agua por el techo.

El supervisor de la planta en Fort Lupton, Mike Hoogan, me hace saber que fui elegido para viajar con otros seis soldadores, pintores y ayudantes para resolver el problema. Al pueblo llegamos el equipo de respuesta, teníamos que terminar en dos semanas de descanso de las empresas turísticas locales que se encargan de vender los pasajes del tren. Desde el primer día de llegada, apenas dejamos maletas en la casa huésped donde nos quedamos, nos fuimos a empezar con el trabajo.

El taller que nos facilitaron para la tarea, distaba mucho de tener lo necesario para realizar en pocos días la reparación de los vagones, faltaba energía, herramienta manual, equipo de corte, grúas, máquinas de soldar eficientes, en fin, el lugar estaba por demás limitado así que teníamos que trabajar a diario casi doce horas corridas, dormíamos poco, siempre estábamos pensando en cómo terminar a tiempo para regresar a casa; todos los días cortábamos material, se realizaban pruebas de fugas, era una tarea extremadamente difícil para tan pocos trabajadores. El manager del equipo se quejó a la empresa matriz en Colorado para que mandaran refuerzos, el problema no era nuestra estancia en Alaska, el problema real era el regreso del turismo y que los vagones no estuvieran listos, teníamos dos semanas y ya había transcurrido una y media, quedaban sólo tres días.

Dos días antes de la fecha límite se hicieron pruebas de fuga y todo salió bien. Salimos a celebrar al patio de la casa hospedaje que teníamos, al este estaba un lago congelado, al sur una maleza de árboles, en una colina un poco elevada. El buen amigo Javier, de unos ciento veinte kilos de peso, salió bailando a celebrar que al otro día por la tarde ya nos regresaríamos a casa, en casa lo esperaban su esposa y dos niñas pequeñas, pero sin saberlo nosotros, y sin verlo, salió corriendo de alegría y bailando hacia el lago congelado. Luis, el amigo inseparable de Javi salió atrás de él, gritándole que se detuviera, pero Javier no lo escuchó y siguió corriendo, llegó a la orilla del lago, el hielo que ya estaba un poco debilitado, sucumbió al peso de Javi, sólo se perdió de vista… se hundió.

—¡Don Chuy! ¡Javier se fue al lago! ¡Natooo! ¡Billy! ¡Vengan, Javi se fue al lagooo! ¡Corran!

Todos salimos al llamado, todos corrimos al lago, sin protección de nada. Uno de los locales corrió a traer una soga, los vecinos de los talleres de al lado salieron al escuchar los gritos y no nos dejaron acercarnos al lago porque según ellos, y sí lo creo, si todos hubiéramos ido en ayuda de Javi, todos hubiéramos caído al lago igual que él. Sin embargo, ellos tenían el entrenamiento y los conocimientos, sabían lo que se debe de hacer en esos casos.

Entre ellos hicieron los protocolos de rescate, estaban siete de ellos tratando de rescatar a Javi mientras otros tres estaban ya en comunicación con los equipo de rescate de Anchorage. Los residentes del pueblo, que ya sabían de los riesgos, lograron sacar a Javi del lago congelado y a los pocos minutos ya estaba el helicóptero llegando para llevar a Javi a la ciudad a atenderlo.

Javier, mi buen amigo, qué bueno y gracias a Dios le doy que pudimos rescatarte del hielo. Hoy celebro que estés y que estemos vivos después de tan peligrosa misión que nos dieron. Saludos desde mi casa, tu casa, Monterrey, México.

\*\*\*

2006, *Valle de Texas*

Recibí una invitación de la comunidad de pintores de Dallas para exponer mis obras en la ciudad con motivo de un evento cultural que se llevaría a cabo en Arlington, Texas. Y me solicitaron los certificados de mis pinturas que acreditaban ser obra original, requisito indispensable para exponer. Para hacer el camino más llevadero y menos cansado, invité a mi buen amigo de aventuras varias, Jorge Sánchez. Saldríamos de Denver a las siete de la tarde para manejar toda la noche, llegar al hotel, tomar la ducha, y estar en Arlington a las nueve de la mañana, listos para entregar las obras.

Empacamos para dos días, en el camino Jorge me pidió nos detuviéramos en algún centro comercial para comprar algunas corbatas y zapatos, ya que se requería ropa formal en el evento. Cuando salimos de la tienda, a la salida del estacionamiento había una liquor store (tienda donde venden alcohol) muy grande y desafortunadamente se nos ocurrió la muy mala idea de comprar cerveza para el camino.

Ya en carretera yo iba manejando, la plática del evento, el entusiasmo de llegar y conocer grandes artistas pintores nos daba esa sensación de inmunidad que a veces sentimos con las primeras copas. Pasando el pequeño pueblo de Hugo, Colorado, nos siguió una patrulla a toda velocidad. Jorge, en vez de aconsejarme que me detuviera, me dice:

—¡Acelera, acelera! ¡Piérdelo!

Y yo en vez de detenerme le hice caso y aceleré a todo.

La patrulla se escuchaba todavía lejos, pero se veían reflejadas las luces en las calles y el inconfundible llorar de las sirenas. Y ya no era sólo una, mínimo eran tres.

—Da vuelta aquí, acelera, métete en esa calle, apaga las luces.

En un impulso desesperado, mi amigo arrojó con la puerta abierta la caja de cerveza que traíamos.

—¡Ten, tómale! Tómatelo todo, es un Red Bull.

—¿Y esto para qué?

—Para que si nos toman el test con el alcoholímetro no salgas tan alto.

Y yo le hice caso. A esas alturas y en esos momentos sólo actúas, no piensas.

Nuestra pequeña fuga duró menos de cinco minutos. Al dar la última vuelta en una calle sin salida, nos atraparon cinco patrullas, dos frente a nosotros y tres atrás. No había escapatoria.

—*Turn off your truck! Turn off the fucking truck! Let me see your hands! Let me see your hands! Why are you running away? Answer me! Why are you fucking running away? Do you have weapons? Drugs? Are you terrorists?*

—*No, no, we are not terrorist, we don´t have any drugs or weapons, ok?*

Después de aclaraciones, de pruebas antialcohólicas y de haber visto mis obras, las placas de la camioneta y de algunas llamadas, nos dejaron ir. No sin antes levantarme cargos por huir de la ley y de ordenar presentarme en cierta fecha en la corte del condado.

Continuamos nuestro camino hacia nuestra cita con el destino, ya habíamos aprendido que eso de tomar e ir viajando, sobre todo a un lugar tan lejano, no era buena idea.

***

*Junio 2007, Galveston, Texas*

A la orilla del Golfo de México, cerca de un muelle, en la pequeña Isla de Galveston, pudimos bajar la camioneta a la playa y estacionarnos sin problemas y sin curiosos, ya entrada la noche, mis amigos y amigas, el Doc. Alonso, Jorge, Elena, Jazmín y yo. Disfrutábamos del buen clima del lugar, la brisa, el susurro de las olas y un cielo despejado. No podía faltar una buena hielera llena de cerveza y diferentes vinos. Estábamos todos al frente de la camioneta, platicando acerca del negocio que nos había llevado a aquel lugar y de la convención a la que fuimos invitados al día siguiente en Houston, y que se llevaría a cabo en un Hotel de lujo del centro de la ciudad, mientras tanto sólo queríamos disfrutar de nuestra estancia en la ciudad.

Se levantaron Elena, Jazmín y Jorge de nuestra pequeña reunión y corrieron hacia las aguas del mar divertidos y dando gritos de alegría como niños en un parque de diversiones mientras el Doc. Alonso y yo nos quedamos platicando.

—Jefe, ¿traes el disco de la canción que le escribiste a Andrea?

—Sí, ahí anda en la camioneta, ¿la quieres escuchar?

—Sí, claro, por supuesto, pero… antes cuéntame de ella, es buen momento para hablar de eso, alguna vez me dijiste que llegado el momento me contarías. ¿Qué pasó?, ¿por qué cada quien se fue por su lado si se amaban tanto?

—Mmmmm, es una larga historia, Doc., tal vez en otro momento, y en otro lugar.

—De ninguna manera —replicó el Doc—. Hoy estamos en otro momento y en otro lugar, tenemos toda la noche. Aquella vez en Los Ángeles, en la playa, te quería preguntar, ¿recuerdas?, pero te pusiste mal. ¿En realidad qué estaba pasando?, ¿me quieres contar?

—No lo sé, Doc, es algo muy extraño. La primera vez fue en Tijuana, en 1991. Me sucedió lo mismo, lo he pensado muchas veces y estoy seguro que lo que pasó en Los Ángeles tiene cierta conexión con el trance de Tijuana. En esa ocasión, asumo que fue la inmensa tristeza que me envolvía, era muy joven, fue el día más triste de mi vida, tal vez psicológicamente estaba yo predispuesto a un colapso emocional, me sentía perdido, agotado, derrotado completamente, y enfrente de aquel inmenso mar, el susurro de las olas, la brisa… todo se me vino encima y posiblemente estaba a punto del desmayo, pero me mantuve en pie y caí de rodillas, escuché el zumbido por primera vez en mi vida, escuché la voz del mar y se me nubló la vista, sólo eso recuerdo.

—Entiendo esa parte del posible desmayo que no sucedió, pero, ¿y en Los Ángeles? ¿Después de catorce años? ¿Por qué te sucedió lo mismo?

Tomé una cerveza, la abrí con calma, voltee a donde se escuchaban las risas de Jorge, de Elena y de Jazmín jugueteando entre las olas del mar.

—Dímelo tu —volví a voltear a ver al Doc. —. Todo este tiempo me he preguntado lo mismo, Doc., esperaba que tú como doctor y psicólogo que eres, y toda esa experiencia que has acumulado en el trato con la gente, pudieras darme una explicación convincente.

Hubo un preámbulo.

—Pásame una cerveza, Jefe —antes de contestar volteó a verme a los ojos directamente, abrió su cerveza y dio un sorbo, regresó su mirada al cielo y después de un largo suspiro, agregó—: La vida tiene muchos misterios, y se revelan de mil formas. Tal vez sea Dios, tal vez sea una fuerza desconocida, algo que nunca comprenderemos, pero de alguna manera aquellos momentos que marcaron nuestras vidas regresan al punto de partida, ya sea un lugar, un espacio o a la memoria de donde salieron. Se hacen presentes en el viento, en la lluvia, en la sonrisa de un niño, un aroma nos regresa años y no sabemos cómo es eso, viven en alguna canción o en los susurros del mar, como en tu caso.

"El momento aquel en el cual te sentías terriblemente desolado y triste se quedó vagando por ahí, ¡vaya! no sé —se pone de pie—. No hay forma de explicarlo lógicamente. Las leyes de la física conocida me impiden decirte disparates, por ejemplo, que un pedazo de tu corazón se quedó en las playas de Tijuana aquella tarde de agosto, pero eso no es cierto, sólo es figurativo, lo que sí me permito pensar es que de alguna forma tu estado emocional estuvo tan cargado de energía —empuño una mano— que una parte de esta se quedó suspendida en el tiempo-espacio del lugar, y que en el 2005, en Los Ángeles, aquella noche después del evento, sólo quiso regresar a su lugar de origen.

"Abriste un portal, Jefe. A fin de cuentas sólo estábamos a muy poca distancia del lado mexicano, eso explicaría de forma muy mística, si así lo quieres llamar, lo que sucedió. Y para que eso no te vuelva a suceder necesitas regresar a México, buscarla y cerrar el ciclo. Ella también sufrió, de eso puedes estar seguro, y te va a dar sus razones que, cualesquiera que sean, son muy válidas tomando en cuenta que ella también te ama— suspiró hondo y dio un trago de cerveza—. Pero bueno, estamos hoy, esta noche, frente al mar.

Afortunadamente el trance no llegó. Es una noche mágica, libres, felices, vamos a disfrutar de este momento y espero, Jefe, que ese zumbido no venga a interrumpirnos, ja, ja, ja".

—¿Quieres escuchar la canción?

—Vaya, te estabas tardando, ponla, por favor, y súbele a todo lo que den las bocinas. Te traes la hielera para acá. ¡Ey, Jorge, Elena, Jazmín, vengan aquí, el Jefe va a poner su canción!

La noche era joven, nuestros amigos Jorge, Elena, y Jazmín se divertían en las olas, lo más seguro es que mi buen amigo Jorge era el que se divertía más en compañía de dos hermosas damas. La canción a la que se refería el Doc. Alonso, en un momento de nostalgia salió de las cuerdas de mi guitarra y mi buen amigo Noel, que en esa ocasión no nos acompañaba, semanas antes la había arreglado con un órgano sencillo. Le puso los arreglos y nos la ingeniamos para grabarla en un CD, la cantamos en algunos bares de Denver, en Los Ángeles, en Vail Colorado, en algunas reuniones de amigos al calor de las copas, en las playas de Sarasota. Yo ya me creía artista, ya que todos mis amigos la pedían en las fiestas y reuniones y esa ocasión no fue la excepción. La regresamos toda la noche al vaivén de las olas, la cantamos los cinco amigos aventureros. El nombre de la canción: "Haberte conocido".

Mi afán de pintar, mi afán de escribir, el impulso aquel de correr por las vías detrás del tren que se la llevó, eran mi forma de expresar el dolor que me causaba su ausencia. Ahogué el dolor y lo dejé vivir en mis cuadros, en todo lo que escribí, en la memoria de mi pueblo, en sus calles, en las canciones que se escaparon de mi guitarra una noche de verano frente al Golfo de México o en la fría estepa de Alaska, en las playas de Long Beach en California o igual en el patio trasero de mi casa. Lo dejé correr en las lágrimas congeladas una tarde de invierno en medio de una tormenta en Denver, camino a casa, y muchas veces en mi careta de soldar, al cabo con una máscara no se puede ver si lloras o ríes. Cada impulso de crear algo nuevo, ya fuera una pintura, un verso o una canción, su recuerdo me inspiraba a hacerlo, tan presente se quedó en mi inconsciente que platicaba con ella todos los días, escuchaba su risa, su voz, veía sus ojos tristes en cada lugar que visité. Su imagen se convirtió en casi una leyenda de mi memoria, me preguntaba, ¿habrá sido todo un sueño?, su llegada al pueblo, nuestro encuentro aquella noche del veinticuatro de diciembre de 1989, ¿habrá sido un sueño haberle pedido que fuera mi novia entre titubeos al ritmo de la canción "Ojos españoles" que bailábamos entre la gente en aquella fiesta?, nuestros días mágicos y todo lo que sucedió después, ¿habrán sido reales las noches que contamos las aves de la torre, las madrugadas en la banqueta frente a su casa?

En mi vagancia por tantos lugares, inconscientemente siempre estuve buscándola a pesar de que sabía que no la encontraría, al menos no donde yo buscaba. Aun así, yo la encontraba de mil maneras, siempre estuvo a mi lado, en mis pensamientos, en mis oraciones, tenía la certeza de que su esencia jamás de separaba de mí.

\*\*\*

*Agosto 2008, Las Vegas, Nevada*

Después de la convención de arte en el Hotel Caesar Palace, y de haber vendido algunas obras de mi autoría, nos dispusimos mis compañeros, el Doc., Jorge, y yo a disfrutar de la noche. Y sin más, nos perdimos en el Boulevard Las Vegas, nos metimos en cada casino que no encontramos, las luces, la gente que no duerme en toda la noche, los autos de lujo que se ven en las calles, todo mundo feliz comprando cosas en las tiendas, algunos casinos te llevan a otro sin salir a la calle, es todo lujo, te regalan la cerveza en casi todos los casinos.

Nosotros estábamos eufóricos, el clima caluroso que invita a beber sin parar, los hoteles impresionantes, los salones enormes y tan iluminados que se olvida la noche, y así terminamos en el bar The Griffin con el sol casi asomándose en el oriente.

Ya en el hotel y después de una larga siesta para recuperarnos, abrí la ventana de mi habitación en el quinto piso, entró el aire fresco de la tarde, pues ya eran después de las 3 pm, que en las vegas serían como las 3 am. Me metí a la ducha, cuando salí con la toalla enredada, me acerqué a la ventana todavía con el cabello mojado. Un pajarito estaba parado justo en el marco de la ventana, lo miré fijamente esperando que con mi presencia se asustara y se fuera volando, pero no fue así, el pajarito sólo daba pasitos de un lado a otro. *Qué extraño*, pensé yo, me acerqué un poco más. El color de la pequeña avecilla era rojo vivo, un rojo muy fuerte, no podría pasar desapercibido en ningún lugar, un pajarillo hermoso con algunas plumas de su cabecita negras y la cola hermosa de color azul metálico, nunca había visto un pajarito de esos colores.

Algunos gorriones son rojos y otros amarillos, pero este era de un color vivo y definitivamente no era un gorrión. Lo seguí observando algunos minutos, el visitante no hacía por irse, me acerque todavía más, me senté en un pequeño sillón que estaba a un lado de la ventana y así lo pude observar más de cerca. El pequeño visitante sólo volteó de un lado a otro como buscando algo. En ese momento todo lo vivido la noche y madrugada anterior parecía insignificante, un regalo de la naturaleza, de Dios, era algo increíble, mucho más gratificante que todos los casinos con todas sus luces. Me recargué en el sillón para admirar aquel animalito que fue a visitarme y de repente emitió una hermosa melodía y emprendió el vuelo.

No sé todavía qué significado pudo haber tenido la visita de aquella hermosa criatura, pero no sería la última vez.

Algunas canciones que pude escribir fueron a parar en un disco compacto grabado en los estudios del Sr. Álvaro Montes después de que mi necesidad de escribir pensando en ella me llevó a explorar otras historias. Así pude comprender que existen tantos caminos que recorrer y tantas historias que contar, que me estaba perdiendo en mi dolor, en ese pequeño mundo que yo solito me construí a partir de un amor por demás perdido y que me esperaban otras leyendas por contar. Y así, tomé mi guitarra un día y escribí todo lo que había pintado y tomé mis pinceles y pinté todo lo que había escrito, incluyendo los sarcasmos en la voz del mar, incluyendo el viejo vagabundo de Juárez que me conto que noviembre estaba muriendo.

El alma se me dividió en varias partes al dejar Estados Unidos atrás, dejé a mi amor pequeño, que ya era una linda mamá de veintiún años, mis grandes amigos, el Doc. Alonso, Jorge y Noel, además de otros tantos amigos que tiempo después volví a ver en el pueblo. Pero a aquellos que fui a conocer allá sabía que difícilmente volvería a verlos y hasta la fecha todavía los extraño, y vaya que sí los extraño. Si algún día leen este intento de libro, sepan que los incluyo no sólo en mi historia, también están en mi vida, y no se entendería mi vida sin su amistad.

# Tercera parte

México, mi México lindo y querido, después de tantos años por fin regresaba al lugar de origen, al punto de partida, al sur del camino, aquel que un día me llevó lejos de lo que yo amaba y al regresar me di cuenta que nadie se puede llevar las raíces. Aunque te vayas al otro lado del mundo, algo de ti se queda sembrado en las veredas que recorres, migas de pan, migas de amor que Dios nos deja, que son como pistas para que puedas regresar algún día por si pierdes el camino a casa.

Yo encontré las migas que indicaban el camino de regreso después de doce años en USA. Volví a respirar la libertad de mi país, la amabilidad de su gente, los colores, la música en las calles, buscar a mis antiguas amistades del barrio, readaptarme a un sistema nuevo y diferente que el que yo había dejado. A los migrantes que después de mucho tiempo volvíamos a México nos llamaban "los inadaptados" porque no volver durante tantos años es el equivalente a haber estado preso y salir un día de la cárcel y de repente verte en una sociedad en la que no encajas. Todo es nuevo, regresas sin conocer los cambios en el sistema, el valor de las cosas, del dinero, las leyes cambian, los servicios son diferentes, una simple identificación ahora era complicada de obtener. En fin, un sinnúmero de cosas a las que te tienes que readaptar. Mi ausencia había durado doce años.

Sólo las cosas en mi pueblo no habían cambiado mucho, pareciera como si el tiempo se hubiera detenido en sus calles, en su iglesia que lucía idéntica, las escuelas en su sitio, la plaza central inmutable, observando el paso del tiempo, incluso lucia más adornada, con más luces, su quiosco había sido remodelado gracias a la donación de recursos por parte de un buen amigo que radicaba en Denver y con quien en nuestra niñez yo había jugado a las canicas muchísimas veces. Las vías del tren ya no servían, de camino a aquel infame tren que una madrugada lluviosa se la había llevado sólo quedaban mudos testigos de la otrora famosa estación del ferrocarril que había llevado vida a la región, pero que en mi caso se había llevado la mía como un injusto cobro por los beneficios otorgados durante su servicio. Algunos caminos de salida del pueblito que conectaban con ciudades ya habían sido pavimentados, llegaban diferentes autobuses de lugares lejanos cubriendo así la ausencia del tren. Algunos de mis maestros de la primaria y secundaria todavía enseñaban en las escuelas, incluso algunos amigo y amigas habían abrazado la noble y hermosa profesión de ser maestros, lo cual me llenaba de orgullo. Los niños que había conocido doce años antes ahora eran unos jovencitos y, a pesar de los años, todavía me reconocían y me saludaban al verme por la calle. Muchos de los habitantes que vivían ahí, esos que nunca se iban a ninguna parte a pesar de la falta de trabajo, me daban la impresión de que haber recibido un encargo por parte de Dios de quedarse a cuidar del pueblo, de ser los fieles guardianes cuya misión era permanecer toda su vida dando fe del paso del tiempo que no necesitaba de vías del tren ni de ningún polvoso camino para pintar de canas la lealtad de tan privilegiado grupo de personas. Las aves que anidaban en la Torre seguían ahí, haciendo compañía a la solitaria vida de los guardianes que decidieron permanecer y esperando algún festín que otorgara la muerte en tiempos de sequía de algunos animales del monte.

De las muchas cosas que no habían cambiado nada en el pueblo, una era la nostalgia que rondaba la calle donde estaba su casa, el olor a tierra húmeda, la humildad y sencillez de los vecinos, la algarabía de los niños jugando y también las preguntas de la gente, "¿Dónde está Andrea?, ¿vino con usted?" Han pasado ya 21 años, y todavía recuerdan que ella se fue así, sin decirles adiós, y a pesar de que ella regresó algunas veces al pueblo mientras yo estaba lejos, para toda la gente que vivió de cerca nuestra historia no se podía concebir la presencia de uno sin el otro, pues a ella también le preguntaban, cuando llegaba de vacaciones al pueblo, incluso con su esposo del brazo, "¿Vino él contigo?".

Mi presencia en el pueblo después de tanto tiempo generaba muchas expectativas, verla nuevamente era inevitable, eso tarde o temprano tenía que suceder. Seguramente ella ya sabía que yo había regresado y que el próximo diciembre nos encontraríamos personalmente, no teníamos que planearlo, ni siquiera nos preguntaríamos uno al otro si queríamos vernos o si iríamos al pueblo, eso sólo lo sabíamos, nuestras almas estaban conectadas y esperábamos la fecha.

*Alguna vez coinciden los ríos en el mar, a pesar de que nacen cada uno al otro lado de la vida.*

La realidad me golpeaba la cara, yo manejaba por toda la carretera hacia el sur, hacia el pasado. Al fin, después de tan largo tiempo, la iba a ver de nuevo. Manejé por seis horas, no sabía qué hacer, si manejar hasta el pueblo o quedarme unos días en la casa del rancho donde teníamos la finca. No me sentía preparado para verla, no después de tanto tiempo. Opté por quedarme dos días más en la casa del rancho, en los corrales había algunos becerros que atender, los caminos para traer agua estaban muy mal ,habría que repararlos, la casa tenía cuarteaduras en las paredes y había goteras por todas partes, los palos de la cerca de los corrales estaban muy podridos, tenía mucho trabajo que hacer antes de atreverme a ir a su encuentro, ella ya sabía que yo ya estaba de regreso en México, pero sería una sorpresa.

Me di cuenta por medio de Gerardo que ella había regresado al pueblo cada diciembre durante doce años de mi ausencia sólo para esperarme, ahora ella a mí, como yo lo había hecho durante algunos años. Eso me hacía dudar, y me preguntaba, *¿a qué voy? ¿tendrá algún sentido que yo llegue al pueblo a buscarla?, y ¿para qué debería yo de buscarla?, ¿acaso no está casada?* Las preguntas me taladraban la mente, no sabía si presentarme en el pueblo y dejar que los comentarios nacieran, o regresar a Monterrey y olvidarme del asunto, pero sabía que antes o después nuestro encuentro tenía que suceder.

La madrugada del día que me decidí a ir a buscarla, me levanté antes del amanecer como suele acostumbrase en los ranchos a preparar café, comer quesadillas con queso de las vacas del rancho y salsa de molcajete. Salí a la puerta con mi taza de café en la mano y en la otra mi quesadilla, pude observar al oriente todavía las tenues luces de la mina El Peñasquito cual gigante tendido en el regazo de la historia de un pueblito ignorante del yacimiento de oro que descansaba bajo sus pies, a mi derecha los cerros que rodeaban el pueblo de San Rafael. *Será un gran día*, pensaba yo.

Absorto estaba observando a lo lejos y tomando mi café cuando una hermosa melodía me sacó de mis pensamientos, ya había luz de día, voltee hacia el lugar de donde venía en canto y observé a un pajarito pequeño posado en el alambre de púas de la cerca del rancho. Dejé mi café en la silla de al lado y me acerqué lentamente para ver la avecilla, ¡por Dios!, me pude dar cuenta que el plumaje de pajarito era de rojo intenso, pequeño, del tamaño de un gorrión, pero aunque en esos montes abundan los gorriones, nunca había visto nada igual. Algunas especies son de pecho amarillo o rojo, pero este visitante era completamente rojo y recordé al visitante en mi cuarto de hotel en Las Vegas, *¿cómo es posible?*, *no creo que se trate del mismo animalito físicamente*, pero ¡era idéntico, lo puedo recordar! Me quedé asombrado y atrapado por su melodía que también era muy parecida a lo que escuché años atrás, a cientos de kilómetros hacia el norte.

Después de algunos minutos de regalarme su melodía, el avecilla se fue volando en vaivén hacia el monte. Al regresar a la cocina con mi café ya frio, le conté a mi madre lo que había visto. Me contesto:

—Hijo, tal vez sea el espíritu de tu padre que te da la bienvenida a tu tierra. Y lo que me contaste de Las Vegas... seguramente era el mismo, pidiéndote que regresaras.

Al preguntarle a los vecinos de a lado, contestaron que ellos nunca habían visto ningún gorrión de esas características en ninguna temporada del año.

Ese día me armé de valor. Era una señal, así lo dijo el mar, "*sólo sigue las señales*". Subí a mi camioneta y manejé hasta el pueblo, parecía lejano, había que rodear la sierra para poder llegar, el cielo era azul intenso, la cadena montañosa imponente como siempre, testigo mudo de tantas historias de tanta gente oriunda del lugar. La música en mi cabina plasmaba el marco perfecto para mi llegada al pueblo, al menos no me hacía sentir tan solo, a lo lejos, al final de la carretera, ¡ahí estaba!, la torre, el elefante blanco del pueblo, nadie se había atrevido a quitarla. El tinaco, otrora depósito de vida que guardaba miles de litros de agua que daban abasto al pueblo, ahora inútil, se veía a lo lejos oxidado, amarillento, pero al menos servía de consuelo a los viajeros que, nostalgia en mano como una maleta, regresábamos al lugar donde habíamos jugado de niños. Nos estaban esperando nuestras pequeñas huellas.

Llegué a la entrada del pueblo y manejé directamente al campo de fútbol donde seguramente, y de acuerdo a la tradición, estarían disputando algún partido y la gente de todo el pueblo estaría ahí echando porras. Por ende, ella no podía faltar. Me estacioné al lado de las vías del tren, la calle estaba llena de camionetas y carros, mucha gente iba y venía, se escuchaba la algarabía de la gente gritando, emocionada por el partido. El pequeño campo estaba rodeado de gente como si fuera un estadio en miniatura, sobrepoblado, algunos niños jugaban con un balón viejo en un pequeño espacio frente a la casa de Reyitos. Yo no me animaba a bajar de la camioneta, me imaginaba que si lo hacía todas las miradas estarían sobre mí y me delatarían con ella.

Después de tantos años sin regresar al pueblo, todavía conocía los rostros amigables de la gente que nunca se fue, algunos ya viejos, con algunas canas, mi buen amigo Cande como siempre en su tiendita de la esquina, la señora del otro lado de las vías, doña Alejandra López, tan hermosa como siempre con sus ojos verdes perdidos en las vías del tren que seguramente también se había llevado alguna ilusión de joven, daba la impresión de que esperaba algún amor perdido y que nunca regresó a juzgar por el hecho de que nunca se casó; el señor Armando, dueño del pequeño restaurante y hotel cerca de la estación del tren y a un lado del campo de fútbol, ya se veía cansado, más viejo; Reyitos, el buen amigo Reyitos, que siempre sabía la hora exacta de las llegadas de los trenes (al puro chicotazo), también se veía algo triste y frustrado al ver que su fuente de trabajo se había marchado.

Al fin me animé a bajar de la camioneta y exponer mi emoción de verme en el pueblito de mis amores, el cual tuve que dejar por irme a buscar una vida mejor, al igual que muchas de mis paisanos y, en mi caso muy particular, para ir en busca del último vagón que salió del pueblo. Apenas crucé las vías del tren, ya tenía frente a mi alguna amiga de antaño dándome la bienvenida con ese cariño propio de la gente de esa región. Estaba en casa.

Entre la muchedumbre tenía que buscar un rostro, una señal, una mirada suya. Señales estaban por todas partes, en el ambiente se sentía su presencia, las miradas de la gente que nos conocía y también nuestra historia volteaban a mirarme con cierta intención y murmuraciones secretas. Y de pronto la encontré. Ahí estaba ella, como siempre, con el alma de niña, gritando y echando porras, aplaudiendo, peleando con el árbitro.

Sin poder evitarlo nuestras miradas se encontraron y se hizo el silencio. Dejó de gritar y se le llenaron sus ojos de lágrimas. A lo lejos yo podía verlo y podía sentirlo, se mantuvo quieta con la mirada fija en mí y cruzando todo el campo, ya no importaban los goles o las faltas, el árbitro del partido o ninguna porra, sólo estábamos ella y yo, el trance volvió a llegar y todo se nubló alrededor de mí, el zumbido en mis oídos se mezcló con los gritos de la gente y la escandalosa porra por un equipo y por el otro, sin embargo esta vez me mantuve de pie y no dejé que el zumbido en mis oídos, que amenazaba otra vez con derribarme de rodillas, me dominara. Intenté con todas mis fuerzas mantenerme firme y sostenerle la mirada, que, después de tantos años, seguía teniendo el mismo brillo que aquella madrugada lluviosa de su partida.

Algo me sacó del trance que ya amenazaba con tirarme. Escuché una voz ronca a mis espaldas.

—¿Cómo está mi Willy Wi?

Al escuchar, me quedé helado y ni siquiera pude voltear. *¿Mi Willy Wi? ¡No puede ser! ¿En serio será él?, o sea, ¿después de tantos años?*

Por fin voltee a ver quién era. Frente a mi estaba un joven bigotón con voz ronca, ya no era aquel niño asustado y hambriento.

—¡Mi Willy Wi! Cabrón, ¿eres tú en verdad?

—Sí, soy yo. ¿Qué tal, cómo ha estado? Qué gusto volver a verlo, mi Willy Wi— en su mano ya no traía la mochila de la escuela, traía un six de cerveza y me dice—. Con todo el respeto que se merece, ¿le puedo ofrecer una cerveza?

—Sí, claro, gracias. Qué gusto verte otra vez y que ya eres todo un hombre. Misión cumplida.

Nunca me aclaró por qué me decía mi Willy Wi y todavía me debe las galletas.

Después de verla, de saber que sí, que el ambiente que sentía era por ella, por su presencia, no sabía qué decir o qué hacer.

Afortunadamente nuestro pueblo siempre ofrece la redención de aquellos enamorados que traemos ciertas culpas. Es aun una tradición de la familia Hernández que el 28 de diciembre de cada año se celebre una fiesta en casa de la familia para festejar el aniversario luctuoso de la matriarca Doña Leonor. Es costumbre hacer las fiestas en los patios de las casas donde se acondiciona el espacio para recibir a la gente. Se ponen mesas para la cena, se reparte cerveza o vino a los invitados, se acostumbra a bailar el vals con las damas de honor y chambelanes, la novia lanza el ramo hacia atrás y se supone que la mujer que logre atraparlo será la siguiente en casarse y deberá de invitar a todo el pueblo, a la celebración de su boda.

La música del grupo de la localidad se empezó a escuchar con la invitación a los presentes de iniciar el baile con sus parejas. Los jóvenes en busca del amor invitaron a bailar a las chicas disponibles. Regresar así, después de tanto tiempo, es novedad y un verdadero placer: encontrarse con los antiguos amigos que con gusto me daban la bienvenida y me invitaban alguna bebida.

Ya estando adentro del baile y acompañado de mis amigos Gera y Nerio, uno de ellos me susurra al oído, tratando de que lo escuchara por el alto volumen de la música del grupo.

—¿Ya viste quién está allá?

—¿Dónde?

—Allá, del otro lado de los bailadores. Es Andrea, está con sus hermanos, Luis y Caro. ¿No vas a ir a saludarla?

Obviamente mi corazón estaba a mil por segundo, mi emoción de verla tan cerca de mí me abrumaba, no sabía qué hacer, por supuesto que yo quería ir a su encuentro y abrazarla y decirle tantas cosas, pedirle perdón, pedirle también una explicación, en fin, sentimientos encontrados que me decían, *sí, ve a decirle cuánto la extrañabas, dile que la amas*. Por otro lado escuchaba la versión orgullosa y cauta, *no, no vayas, el esposo puede andar cerca de ella y puedes causar un disgusto, no es el momento, ya habrá otra oportunidad.*

—Claro que no, ella está casada. Seguramente por ahí anda su esposo, no quiero causarle un problema.

—El esposo no anda aquí, yo no la he visto acompañada. Seguramente ni vino con ella. Ve, invítala a bailar y platican.

—Vamos afuera, necesito un trago de tequila, me siento muy confundido.

—Ok, ok, vamos, te acompañamos.

Los tres amigos nos dirigimos a la salida, sólo que para salir teníamos que pasar delante de ella y de sus hermanas.

Había mucha gente, casi ni se podía caminar libremente, la música sonaba fuerte y los invitados seguían bailando, ajenos a cualquier otra cosa.

Por más que quise pasar desapercibido, yo sé que ella se dio cuenta. Traté de no voltear a verla, casi rozamos al pasar, no voltee ni a mirarla, no sabía cómo reaccionar o qué hacer.

Salimos de la fiesta, fuimos a comprar tequila, en la camioneta traíamos suficiente cerveza para amanecer tomando, pero yo quería algo más fuerte. Después de una hora regresamos al baile y me armé de valor después de comprobar que su esposo no estaba con ella. Al parecer ya estaba divorciada.

—¿Bailamos?

Me mira a los ojos fijamente, esa mirada triste pero con el brillo que nunca se le apagó al tratarse de nosotros. Se llenaron sus ojos de recuerdos, me dio la mano y se fue conmigo.

—¿Por qué no me hablaste hace rato que pasaste frente a mí?

—Disculpa, no sabía si debía hacerlo.

La tomé de la mano y nos dirigimos a la improvisada pista del baile. La abracé y sentí su calor, su nerviosismo y el mío. No hubo más palabras, sólo sentíamos y seguíamos la música, su cuerpo pegado al mío, nuestras almas también bailaban al son de una música bajada del cielo y la gente se veía contenta de vernos de nuevo juntos, sonreíamos cada uno para sus adentros, no fueron necesaria las palabras ni el "¿cómo estás?", sólo nos dejamos llevar por nuestra historia que ya se contaba sola, que ya todo el pueblo y la gente que estaba presente en el baile conocía de sobra. Y sin duda alguna estaban celebrando igual que nosotros, volteaban a vernos y con miradas de complicidad nos daban su aprobación.

La noche se hizo mágica. Voltee con mi amigo Juan, el baterista del grupo, pero ya no lo encontré, había fallecido algunos años atrás, el que lo reemplazaba sabía del complot entre él y yo, y como muchísimas noches de bailes en complicidad con Juanito, y en honor a él, el nuevo baterista del grupo ordenó que se tocara el inolvidable bolero instrumental, "Ojos españoles". Como la noche del veinticuatro de diciembre de 1989 y como muchas otras noches de baile, el nuevo integrante del grupo volteo a verme y asintió con la cabeza. Con una sonrisa de festejo él miró hacia el cielo y entendí que se la dedicábamos a Juanito.

El manto de la noche se tornó gris, sólo llegaron los recuerdos al ritmo de esa hermosa melodía, éramos tan solo ella y yo en el centro de la música que se escuchaba como una campanada divina que bajaba de alguna parte del cielo oscuro. Nuestro entorno se volvió bruma, las demás parejas que bailaban alrededor nuestro dejaron de existir, estábamos dentro del trance que me atrapó otras veces, el zumbido en mis oídos apenas me dejaba escuchar la melodía, pero esta vez estábamos juntos, nada podía lastimarnos, nada más nos importaba, ella estaba ahí conmigo, los dos juntos después de tantos, tantos años.

Sentí cómo una lagrima mojaba mi mejilla, nuestros rostros estaban muy juntos así que no supimos si era su llanto o el mío, pero tampoco importaba mucho. El tiempo se detuvo unos momentos, el trance se alejó por última vez, no se escuchó la voz del mar que estaba muy lejos, sólo las voces del pueblo que seguían celebrando nuestro reencuentro bailando nuestra canción favorita. Volteamos hacia el cielo, la luna llena se asomó tímida detrás de unas nubes que amenazaban lluvia, la canción terminó y del cielo cayó una tímida gota de agua justo en nuestros rostros como la caricia de un ángel. Era el beso de Dios.

Después de la fiesta caminamos calle arriba, rumbo a su casa. La madrugada estaba algo fría. Yo me quité la chamarra de cuero negro y se la puse en los hombros, ella volteó a verme como agradeciendo el gesto. La madrugada, oscura todavía, se sentía impregnada de momentos de antaño. Al cruzar las vías de la estación, sentado en la cisterna vieja, nos encontramos con Reyitos.

—¿Qué tal, Reyitos?, ¿qué anda haciendo a estas horas?

—Vine a ver si el horario de los trenes ha cambiado para avisarle a los pasajeros y los vendedores.

—Reyitos, el tren hace muchos años que dejó de venir.

En su mirada triste y perdida en la lejanía de las vías se dibujó un semblante de nostalgia. En ese momento me di cuenta que su inconsciente se había quedado atrapado en el pasado, algo muy parecido a lo que a mí me sucedía. Él se quedó esperando el sustento de cada día que aquel tren le brindaba; yo me quedé esperando al amor de mi vida. Dos casos muy diferentes pero a la vez muy parecidos entre sí.

—No, no ha dejado de venir, el tren pasa todos los días. Me acaban de avisar que mañana el ocho llegará una hora tarde. Espera… espera… —voltea a ver a mi acompañante cobijada con mi chamarra—. ¿Acaso ella es la misma chica del andén que hace muchos años se fue en el tren del sur?

Andrea voltea a verme, como preguntando, "¿de qué hablan?"

—Sí, Reyitos, ella es.

—Sí, sí, yo la vi partir rumbo al norte y usted se quedó muchas noches a esperarla aquí conmigo, y no llegaba, y la esperábamos juntos en el andén de la estación, pero nunca llegó, ¿se acuerda?.

Ya no sentía miedo de perderla, pues ya la había perdido antes, ahora sólo agradecía a Dios haberla encontrado ahí, justo en el punto de partida.

Seguíamos caminado calle arriba, la calle principal de La Loma. Los sarcasmos del mar no llegaron, el trance no se volvió a hacer presente, se había cerrado un ciclo, ahora estábamos en paz, la tranquilidad de la madrugada nos envolvía en su manto de amor, ahí, en la misma banqueta frente a su casa que nos vio felices y nos escuchó reír y cantar de jóvenes. Volvimos a sentarnos, a recordar nuestras charlas. La luz del nuevo día apenas se alcanzaba a vislumbrar en el oriente.

Tuvimos que contar las aves de la torre que seguían ahí, presagiando el incansable rito de la vida y la muerte. Calle abajo el mismo borrachito de antaño venía cantando, tambaleándose de pared en pared, la misma canción:

—No vale nada la vida, la vida no vale nada…

Y a lo lejos se seguían escuchando las mismas voces de años antes con las mismas canciones de Mario Saucedo y de Pepe Hernández. Daba la impresión de que en aquel lugar el tiempo se había detenido, o se repetía la misma escena una y otra vez en mi memoria. Esta vez estuve muy de acuerdo con él, no vale nada la vida, la vida no vale nada… sin amor.

Al final de la calle se dibujó una silueta inconfundible con la tina del nixtamal en mano y un caminar cansado por los años y el sufrimiento. Doña Simonita regresaba del molino.

— Buenos días les de Dios, muchachos.

—Buenos días, doña Simonita.

—Muchacha, ya métete a tu casa, hace frio. Y ya está clareando el día.

# Agradecimientos

Q ue nos valgan todas las historias escritas de amores perdidos por orgullo, por debilidad; que nos valga lo que vivimos en carne propia, la ausencia; que nunca olvidemos la distancia, el dolor de ver partir tu vida entera en un vagón de tren; que valgan todas las lágrimas que vi llorar a mis amigos y las mías por no tener el valor de decirle a la persona amada, "No te vayas".

Con dedicatoria especial a:

A Hilda y Meny;

A mi amigo Martín Guzmán que en Torreón Coah. se despidió de su gran amor con lágrimas en los ojos una noche de otoño del 1987;

A amigo Nerio, cuya historia no logro todavía comprender, ¿y cómo comprenderlo con todos sus mil amores?;

A mi hermano Mario, que fueron todas de él, pero sólo una se negó a serlo y ella fue su perdición;

A mi amigo del alma, Manuel Márquez "Meny", sé que te quedaste con ansia de leer este pedacito de historia, pero ya no se pudo. La última vez que disfruté de tu presencia cantamos los dos juntos "Dream On" y "Escaleras al cielo", al fin de todo, mi hermano, te sirvieron para llegar a Dios (amigo mío, que Dios esté contigo a tu lado, Q.E.P.D, agosto 2023), que Dios te bendiga siempre.

Creo firmemente que para darle un principio, un desarrollo y un final a este libro tuve que nutrirme de pequeños momentos que empezaron a acumularse desde hace muchos años, en los cuales han coexistido personas especiales en mi vida que han colaborado directa o indirectamente con esta historia.

Gerardo Flores, mi gran amigo, sin tantos momentos compartidos contigo, sin tantas aventuras y veredas en el camino abordando el tema, no hubiera sido posible contarlo. Guárdame el morralito.

Aracely Luna, amiga mía, a quien aprecio y respeto mucho, gracias mi Cheli por salir a recibirme cuando llegué de Tijuana herido en el alma en 1991.

Felipe Garza, mi compadre Felipito, amigo de muchas aventuras, corazón de bodega donde cabían muchos amores, según él, gracias, amigo, por esas interminables charlas, por tantas canciones con tu segunda voz, por tolerar mi mal genio, por llevar en calendario mis supuestas conquistas. Gracias por tus empujones para terminar esta historia, espero no decepcionarte.

Amigo y mentor, Doc. Alonso González, gracias por esos muchos viajes a tu lado en busca del éxito por Estados Unidos, gracias por el sobrenombre "El Jefe de Jefes". Gracias por tu apoyo en los Ángeles, Ca.; tus palabras en Galveston Texas, refiriendo aquella nuestra canción de toda la noche, en eso que se parecía a una playa nocturna; el café en un pequeño restaurante de Houston, Tx.; los brindis en las montañas de Colorado, las aventuras en Las Vegas, el altercado con los neonazis en un bar de Denver, el vuelo a España que nunca hicimos (está pendiente) y alguna vez bajando tus caballos pura sangre del camión de carga, detrás de nosotros el maravilloso escenario, las Montañas Nevadas de las Rocallosas.

Agradezco también a Fernando González, mi gran amigo de la infancia, quien me escuchó más de una vez y se notaba en su mirada su empatía por nuestra historia, gracias por ser el portador de aquel mensaje un noviembre de nieve y frio, Gracias por preguntarme por ella cada vez que coincidíamos, gracias, mi Ferrari.

Un millón de gracias a todas mis hermanas, hijas de mi padre, desde la mayor, Nina, hasta la más pequeña, Isamar, por quererme incondicionalmente y compartir muchos de sus momentos bellos conmigo.

Johana, hija, gracias por dar inicio a esta aventura aquella madrugada de preguntas sin respuestas, espero que leas con cuidado, aquí las encontrarás, las que faltan las guardé para un momento especial y una botella de Tequila con "el baúl de los recuerdos". Si le preguntas a tu tío Gera, el sabrá explicarte eso.

Gracias a mi familia, mis hermanas, y hermanos, mi Madrecita, que solo sabían que el loco del techo estaba escribiendo tonteras con la música a todo volumen, Gracias a la luna que me acompañó infinidad de veces asomándose a mi ventana, y a mi perro Toggy, acostado siempre cerca de mí. Gracias a la música de fondo de Sabina, pero sobre todo…

Gracias a Dios.